ÄONIA

Schicksalsbegegnungen

Luisa Grujic

Luisa Grujic, lebt in Hannover und gehört zu einer neuen Generation junger Autorinnen mit einer großen Leidenschaft für Science-Fiction und Fantasy. Wenn sie nicht gerade schreibt, liest sie sich durch ganze Bücherstapel oder träumt sich in ihre eigenen Geschichten hinein.
Mit diesem Buch veröffentlicht sie ihr erstes Werk und nimmt ihre Leserinnen und Leser mit auf eine Reise voller Magie, Abenteuer und Geheimnisse.

ÄONIA

Schicksalsbegegnungen

Luisa Grujic

Bibliografische Information der Deutschen Nationalbibliothek: Die Deutsche Nationalbibliothek verzeichnet diese Publikation in der Deutschen Nationalbibliografie; detaillierte bibliografische Daten sind im Internet über dnb.dnb.de abrufbar.

Verlag: BoD · Books on Demand GmbH, Überseering 33, 22297 Hamburg, bod@bod.de

Druck: Libri Plureos GmbH, Friedensallee 273, 22763 Hamburg

ISBN: 978-3-8192-1193-5

Weissagung

Ein Diamant schwebt still zwischen
Licht und Dunkelheit.

Geschützt durch ein Opfer,
in ständiger Gefahr vor dem Untergang.

Der Wolf stirbt.

Die Wende des Schicksals steht bevor,
und das Feuer wird siegen,
wenn die Grenzen
des Möglichen überwunden werden.

aus den geheimen Aufzeichnungen
der Magischen Sphäre

Prolog

„Maschinendeck an Captain O'Leary, höchste Alarmstufe!"
Sie sprang auf. „Ich komme sofort!"

„Nein, Captain, das ist viel zu gefährlich. Selbst das
Sicherheitsteam hat sich schon zurückgezogen", versuchte
der Chefingenieur sie aufzuhalten. „Es ist ein Feuer ausge-
brochen, welches sich nicht löschen oder eindämmen lässt.
Es hat sich bereits auf vier Decks ausgebreitet."

Captain O'Leary knurrte: „Informieren Sie die nächste
Sternbasis im Noctus-Sector und aktivieren Sie die Autopiloten in den Rettungskapseln! Leiten Sie die Evakuierung
ein! Alle, und ich betone: ALLE verlassen auf schnellstem
Wege das Schiff!"

Der Chefingenieur unterbrach das Gespräch, um den Anweisungen nachzukommen. Mit schnellen Schritten verließ
Captain O'Leary ihr Quartier und beaufsichtigte, wie ihre
Mannschaft und die Zivilisten Deck für Deck in die Rettungskapseln stiegen.

Schließlich war sie allein auf dem Schiff.

Ihre Gedanken rasten. Sie hatte gewusst, dass nach der
Ankunft des Botschafters von Cartar V die Rettungskapseln nicht reichen würden. Die Letzte hatte sie ihrer ersten

Offizierin Commander Saivor überlassen, und die Kapseln konnten nicht mehr als eine Person befördern, ohne dass sie Gefahr liefen, abzustürzen.

„Commander Saivor an Captain O'Leary", ertönte da plötzlich die Stimme ihrer ersten Offizierin knackend aus dem Lautsprecher. „Mein Bordcomputer registriert Sie noch auf der *UNIVERSITY* ... Sie müssen diese umgehend verlassen! Kommen Sie direkt zu Dock III! Wir nutzen meine Kapsel, und ja, ich bin mir der Risiken bewusst. Um es noch einmal deutlich zu machen: Sie werden sterben, wenn Sie nicht mitkommen, und ich möchte, nein, ich werde Sie nicht verlieren! Es ist meine Pflicht, für Ihre Sicherheit zu sorgen, und ...", an diesem Punkt wurde ihre Stimme scharf, „ich habe nicht vor, zu versagen!"

Captain O'Leary hatte keine Ahnung, woher ihre Kommandantin das mit der Kapsel wusste. Außerdem war sie unsicher, wie sie reagieren sollte.

Der Computer nahm ihr die Entscheidung ab: "Systemfehler! Verlassen Sie sofort den Bereich um das Schiff! Unter einer Mindestentfernung von 18 Kilometern liegt die Überlebenschance bei 0,01%! Ich wiederhole..." Während der Computer seine Warnung noch einmal wiederholte, sprintete die Kapitänin der *UNIVERSITY* los.

Sie würde nicht hierbleiben, weil sie wusste, dass Commander Saivor einen Weg finden würde, um sie zu retten. Captain O'Leary wollte nicht für den Tod dieser jungen Frau verantwortlich sein.

In letzter Sekunde erreichte Captain O'Leary die rettende Kapsel, die augenblicklich das brennende Schiff verließ. Neben Commander Saivor sitzend, die mit einer ruhigen Präzision die Geräte bediente, blickte Captain O'Leary auf ihr Schiff zurück, welches gerade in einem explodierenden Flammeninferno unterging.

Damit sie zu zweit die Rettungskapsel nutzen konnten, hatte ihre Kommandantin die Funktion des Autopiloten manipulieren müssen. So waren sie nicht mehr mit der automatischen Kommunikation und Routenführung der anderen Kapseln verbunden. Manuell war der Weg zum Noctus-Sektor unmöglich zu finden.

Captain O'Leary bedeutete ihrer Kommandantin mit einer kleinen Handbewegung, sie möglichst weit von der Gefahrenquelle fortzubringen.

Dieses neue Territorium, in welchem noch nie ein Raumschiff ihrer Spezies gewesen war, nur mit einer Rettungskapsel zu erforschen und nach Hilfe zu suchen, stellte eine bedrohliche Herausforderung dar.

Aber was blieb ihnen anderes übrig?

Sie hatten keine Wahl.

1

Allegra Saivor

Eine angespannte Energie beherrschte die Kapsel, und Commander Saivor wusste nicht, wie sie damit umgehen sollte. Verbissen versuchte sie, sich auf den Monitor vor sich zu konzentrieren, doch es misslang ihr, und sie blickte unsicher zu Captain O'Leary.

Diese starrte stur geradeaus und kam der Kommandantin in diesem Moment um einiges älter vor, als sie wirklich war. Eine blonde Strähne hatte sich aus der Frisur ihrer Kapitänin gelöst und verdeckte so ihre rauchgrauen Augen, die immer genau zu wissen schienen, was in ihrem Gegenüber vorging.

Commander Saivor hatte diese Gabe nicht und konnte daher nur vermuten, was ihre Kapitänin dachte. Doch sie würde sich hüten, die andere Frau darauf anzusprechen.

„Diese Mission ist unmöglich vorherzusehen, daher möchte ich mich nicht weiter mit Formalitäten aufhalten", brach ihre Kapitänin das Schweigen. „Nennen Sie mich Gene!"

„Captain?", fragte Commander Saivor verwirrt. Ihre Gedanken überschlugen sich: „Gut, wenn das Ihr Befehl ist... Gene?!?", schaffte sie sich zu fangen.

„Nicht *Sie*, und es war kein Befehl, eher eine Bitte!", korrigierte Gene sanft.

In Ermangelung von Worten nickte die Kommandantin resigniert.

„Nennen Sie mich Allegra!"

Gene lächelte leicht und blickte auf das All vor ihnen.

Ein Signalton durchdrang schrill die Kapsel – viel zu laut für ihre Ohren. Hektisch stellte Allegra den Tonverstärker auf Minimum, sodass das Kreischen durch ein gleichmäßiges Brummen ersetzt wurde. Gene lehnte sich über ihren Computer und überprüfte die Umgebung mit einem Langstreckenscan.

„Ein sphärisches Meteoritenfeld", verkündete sie trocken.

„Wie groß?" Allegras Frage war nicht mehr als ein Flüstern.

„Nicht sehr groß! Es hat nur knapp einen Durchmesser von 60 Millionen Kilometer, dafür ist es sehr dicht. Laut der Scans sollten wir hindurch kommen. Du müsstest manuell da durch, schaffst du das?"

„Ich ...", Allegra unterbrach sich selbst, sog scharf die Luft ein und tippte einige Male auf das Tastenfeld *Research*[1].

Plötzlich war ihr Körper vor Aufregung extrem angespannt. „Ich bin mir nicht ganz sicher, aber ich glaube, hinter dem Meteoritenfeld liegt ein binäres Sonnensystem.

---

1 Die Research-Taste war extra für Raumschiffe oder Rettungskapseln in unerforschten Gebieten konstruiert worden, um die Ergebnisse eines Scans auf seine Richtigkeit zu überprüfen, ggf. seine Übertragung zu verbessern und die Ergebnisse zu speichern.

Die Aufnahmen sind allerdings wenig aussagekräftig.“

„Du könntest recht haben“, murmelte Gene. „Laut der Scanner-Daten sieht es so aus, als würden die beiden Sterne aneinandergekoppelt, also gravitativ verbunden sein. Doch wieso hat einer der Sterne eine so geringe Lichtintensität? Die Daten kategorisieren ihn eindeutig als energetisch hochaktive Sonne.“

„Das wird ein Objekt dunkler Materie sein, auch wenn einige Fakten offensichtlich dagegensprechen“, erklärte Allegra. „Sieh nur“, fuhr sie fort, „beide Sterne umkreisen einen terrestrischen Planeten, der hauptsächlich aus Silizium besteht. Jedoch scheint er von einer unbekannten Materie bedeckt zu sein.“

„Seltsam“, murmelte Gene. „Findest du einen sicheren Weg durch das Meteoritenfeld?“

Allegra blickte noch einmal auf den Bildschirm: „Es ist in etwa wie bei der früheren Oortsche-Wolke, nur dass dieses noch komplexer ist, aber ich sollte es schaffen“, sagte sie entschlossen, löste die Hyperraumumkehr, die sie an Ort und Stelle gehalten hatte und raste direkt ins Meteoritenfeld.

2

Gene O'Leary

„Allegra!" Genes Schrei klang selbst in ihren Ohren viel zu unbeherrscht. Doch ihre Kommandantin ignorierte sie und tippte wie wild auf dem Bordcomputer herum.

Trotzdem rasten sie mit vielfacher Geschwindigkeit weiter. Sie rammten Meteoriten und andere herumschwebende, nicht identifizierbare Teile, sodass bald der ganze Monitor mit Schadensmeldungen bedeckt war.

„Ich kann unsere Geschwindigkeit nicht mehr regulieren", rief Allegra geschockt. „Diese befindet sich mittlerweile außerhalb aller Parameter und sollte physikalisch eigentlich gar nicht möglich sein!"

Gene klemmte sich hinter die Notsteuerung und versuchte ebenfalls die Kontrolle über die Kapsel wiederzuerlangen, doch diese entzog sich vollkommen ihrem Zugriff.

Allegra hatte noch weniger Glück: Ihre Steuerungskonsole explodierte, brennende Elektroteile flogen umher und der beißende Geruch von verbranntem Gummi erfüllte die Kapsel.

Mit einem Hechtsprung warf Gene sich über Allegra, um diese vor herunterstürzenden Teilen zu schützen. Dabei wurde Gene von einem brennenden Metallgegenstand getroffen, doch sie war zu konzentriert, um den Schmerz zu spüren.

Sämtliche Steuerungsgeräte sowie die gesamte Beleuchtung waren erloschen, Rauch füllte die Kapsel und schemenhaft sah sie, wie sich vor ihnen das Meteoritenfeld lichtete.

Der Planet dieses ungewöhnlichen Sonnensystems zeigte sich unter der Kapsel, hell fluoreszierend und unwirklich. Gene erschien es, als würde er aus einem einzigen großen Diamanten bestehen. Mit einem Blick auf Allegra richtete sie sich auf.

Ihre Kommandantin war bewusstlos und hatte einige Kratzer abbekommen, doch es hätte schlimmer sein können. Gene selbst spürte ihre Verletzungen aufgrund ihres hohen Adrenalinspiegels noch nicht, doch ein leichter Schwindel hatte ihren Kopf erfasst und wurde durch die hohe Geschwindigkeit, mit der sie nun ungebremst auf den Planeten zurasten, immer stärker.

Sie beschloss die Einleitung einer Notlandung zu versuchen: „Computer, lande diese Kapsel selbstständig auf dem Planeten! Wenn dies nicht möglich ist, modifiziere die Astralstoßdämpfer und leite die Energie der Steuerungskonsole in die Schilde, um den Aufprall abzudämpfen."

Der Computer reagierte nicht.

Mittlerweile waren sie gefährlich nah an der Atmosphäre des Planeten, sodass Gene schnell eine Entscheidung treffen musste.

Manuell leitete sie die verbliebene Energie von verschiedenen Teilen der Kapsel in die überlebenswichtigen Funktionsbereiche. Das Lebenserhaltungssystem mit der Sauerstoffversorgung war entscheidend. Hinzu kamen die wichtigsten Prozesse, um das Schiff in eine sichere Flugbahn zu lenken. Die Möglichkeit, in den Orbit des Planeten einzuschwenken hatte Gene sofort verworfen, dafür waren sie zu nah an der Oberfläche, und das Manöver würde nur unnötig Energie verbrauchen.

Eine andere Idee schlich sich in ihre Gedanken. Es war sehr riskant, doch sie sah keine andere Möglichkeit. Mit aller Kraft, die sie aufbringen konnte, nutzte Gene die Notsteuerung, um die Kapsel wieder in Richtung All zu lenken. Sie hatte nicht die Hoffnung, sich aus dem Umkreis des Planeten entfernen zu können, doch sie glaubte hiermit ihren Beinahe-Fall etwas abbremsen zu können.

Nachdem ihr Vorhaben kurzfristig erfolgversprechend wirkte, wurde die Kapsel erneut von der Gravitation des Planeten angezogen.

Als sie nur noch ca. 100 km von der Oberfläche entfernt war, schloss sie die Augen: Die Kapsel war noch immer viel zu schnell und glühte durch ihren plötzlichen Eintritt in die Atmosphäre.

Kurz vor dem Aufprall blinzelte Gene noch ein letztes Mal, dann wappnete sie sich für das Unvermeidliche: Es war brutal! Die Wucht des Aufschlags presste ihr alle Luft aus der Lunge und sie wurde unter die Steuerungskonsole geschleudert.

Das Metall um sie herum glühte noch immer, ein scharfer unbarmherziger Schmerz schoss durch ihre Schulter. Ihr Herz setzte für ein paar Schläge aus, nur um dann mit dreifacher Intensität zu schlagen. Sie bekam noch immer schlecht Luft, das Blut hämmerte in ihren Ohren und langsam schwand ihre Wahrnehmung. Das Schwarz überlagerte alles andere und verdunkelte sich weiter, bis nicht einmal mehr das von Belang war.

Nichts war mehr wichtig.

Nach einer für sie unendlichen Zeitspanne kam es Gene vor, als würde das Dunkel sich langsam wieder zurückziehen und lichten. Viel zu schnell wurden ihre derzeitigen Probleme wieder real und damit kam auch der Schmerz zurück, intensiver und schrecklicher, als sie jemals gedacht hätte. Noch war sie zu benebelt, um die Augen zu öffnen oder einen klaren Gedanken fassen zu können.

So wunderte sie sich nur einen kurzen Moment, als Stimmen an ihr Ohr drangen, so nah, dass diese sich im direkten Umkreis der Kapsel befinden mussten. Gene erwartete nicht, dass sie die Sprache auf dem Planeten verstehen würde, der so weit weg von der ehemaligen Erde oder einem ihrer Stützpunkte war.

Doch sie irrte sich, denn die Stimmen sprachen ganz eindeutig eine sehr alte Version der englischen Sprache. Diese war zu Erdzeiten weit verbreitet gewesen, wurde heute jedoch nicht mehr gesprochen. An ihre Stelle war eine Verständigung gerückt, die man früher für eine Mischung aller existierenden Sprachen gehalten hätte. Gene allerdings beherrschte Englisch, da sie sich sehr für die Vergangenheit der Menschen interessierte und ein Studium in dieser Sprache absolviert hatte.

Nachdem sie die Tatsache registriert hatte, dass das Gesprochene für sie verständlich war, lenkte sie ihr Denken auf den Inhalt der Worte:

„… und daher denke ich nicht, dass es sicher ist, dieses Objekt zu betreten“, erläuterte eine eindeutig weibliche Stimme.

Es klang, als hätte sie gerade erst begonnen, ihren Zweifel kundzutun, doch eine andere weibliche, befehlsgewohnte Stimme fiel ihr ins Wort:

„Ich danke dir für deine Einschätzung, Beverly, doch ich muss widersprechen. Ich und nur ich allein habe entschieden, dass sie vertrauenswürdig sind und bin nach wie vor dieser Ansicht. Allein der Umstand ihrer Anwesenheit hier beweist, dass mindestens eine von ihnen zu uns gehört und Magie besitzt, sonst hätten sie nie den Weg auf diesen Planeten gefunden. Die dafür notwendige Zugehörigkeit zur magischen Sphäre festigt zudem in meinen Augen ihre Vertrauenswürdigkeit gravierend. Natürlich müssen wir wachsam bleiben, aber wir waren uns doch einig, dass sie unsere letzte Hoffnung sind.“

Darauf hatte die andere Frau, offensichtlich Beverly, keine Antwort, denn es blieb einige Zeit lang still.

Nur das Geräusch von Füßen auf einer glatten Fläche war

ᒐ

zu hören. Dann schob jemand die Tür der Kapsel auf, was die ohnehin schon verwirrte Gene noch weiter verunsicherte.

Wer waren diese Wesen? Was meinten sie mit *eine von ihnen*, und warum waren Gene und Allegra ihre einzige Hoffnung?

Ihre Gedanken wurden von Beverlys Stimme übertönt, obwohl diese leise sprach: „Hier ist jemand, Lux! Sie sieht verletzt aus, trägt aber keine Anzeichen magischer Aktivität in sich. Kannst du etwas für sie tun?"

Drei Frauen waren es also. Von Zweien kannte Gene die Namen. Sie hatten Allegra gefunden, war sie schwer verletzt? Was war mit magischer Aktivität gemeint? Ihre Fragen wurden sogleich zum Teil von einer neuen Stimme beantwortet.

Das musste Lux sein: „Sie hat keine schweren Verletzungen, nur eine Gehirnerschütt... oh nein! Diese hier hat es schlimmer erwischt!"

Warme Hände zogen Gene unter der Steuerungskonsole hervor. Obwohl dies mit großer Vorsicht geschah, war der Schmerz unerträglich und Gene schrie gellend auf. Der Schock nahm ihr für einen kurzen Moment die Sicht, doch schnell wurde alles viel klarer. Licht fraß sich in ihre Sinne und sie musste blinzeln. Eine Gestalt beugte sich über sie, fühlte ihren Puls und seufzte erleichtert auf.

„Sie hat einen stabilen Herzschlag, und ihre Atmung ist wieder normal, also keine inneren Schäden, auch wenn ich das mit Sicherheit erst sagen kann, wenn wir sie unter besseren Umständen untersuchen können. Problematisch sind allerdings der hohe Blutverlust und ihre extremen Schmerzen“, diagnostizierte Lux.

Gene fokussierte sie und stellte erstaunt fest, dass Lux noch sehr jung war. Schwarzes Haar fiel ihr in Dreadlocks über die Schultern und passten damit perfekt zu ihrer makellos dunklen Haut. Gene nahm ihren athletischen Körperbau wahr, wurde aber von den blitzenden türkisfarbenen Augen abgelenkt, die sie noch immer besorgt musterten.

Gene entsann sich ihrer Sprachkenntnisse und fragte das Erste, was ihr einfiel: „Geht es meiner Kommandantin gut?“

Lux lachte auf. „Du hattest Recht, Orly, sie kann es, sie kann unsere Sprache.“

Die Frau, die offensichtlich die Anführerin Orly war, lächelte nicht. Sie kniete sich neben Gene und blickte sie an. In ihrem Blick lag eine gewisse Reue, die Gene nicht einordnen konnte. Orlys Gesicht hatte etwas Elfenhaftes. Sie wirkte älter als Lux, vielleicht Ende 40, wenn hier die Zeitrechnung wie bei ihnen funktionierte. Ihr weißes Haar, welches von kleinen Zöpfchen durchsetzt war, wirkte ganz natürlich und nicht wie durch den Alterungsprozess entstanden. Es reichte ihr bis zu den Kniekehlen, ihre Augen waren stechend grün wie Efeu und schienen unergründlich.

In diesem Moment wurde Gene bewusst, dass die Anwesenden alle zu menschlich für eine komplett andere Spezies waren.

„Ich bin Orly Bletherwhite", stellte sich die Wortführerin vor, „und das sind Lux Diana und dort hinten ist Beverly Luctus. Die beiden sind meine Leibwachen und Lux zudem noch meine Ärztin. Beverly ist ..."

Ein durchdringender Alarmton durchschnitt ihre Worte und alle drei Frauen sprangen auf.

„Wir müssen hier weg!", schrie Lux. „Der Sensor hat ganz in der Nähe Planetaren geortet. Sie dürfen nichts von der Ankunft erfahren."

Gene versuchte aufzustehen, schwankte aber vor Schmerz und wäre beinahe umgekippt, hätte Orly sie nicht aufgefangen.

„Ich bringe sie hier weg. Lux, du versuchst die Planetaren abzulenken! Beverly, du weißt, was du zu tun hast?", versuchte Orly die Situation unter Kontrolle zu halten.

„Kannst du laufen?", fragte sie Gene.

„Es muss wohl gehen", murmelte Gene leise und konzentrierte sich darauf, ihren Schmerz nicht zu zeigen. „Was ist mit Allegra?"

„Deine Kollegin holen wir später. Im Augenblick ist sie hier sicher", beruhigte sie Lux. „Beverly kümmert sich um ihre Sicherheit!"

Mit diesen Worten zog sie Gene sanft, aber bestimmt aus der Kapsel. Gene biss vor Schmerzen die Zähne zusammen, als sie aus der Kapsel stolperte.

„So kommen wir hier nicht weg", stellte Orly fest und kramte etwas aus ihrer Tasche.

„Iss das, es lindert die Schmerzen!"

Gene wollte protestieren, doch ihr war so schwindelig, dass sie es nahm. Sobald der Gegenstand ihre Lippen berührt hatte, wurde sie müde.

„Nein!", war alles, was sie noch sagen konnte, dann versank alles in wohltuender Schwärze.

3

Allegra Saivor

Windig war das erste Wort, welches Allegra direkt nach ihrem Erwachen in den Sinn kam.

Wo waren sie und wieso war Gene nicht an ihrer Seite?

Obwohl Allegra sich im Inneren der Kapsel befand, brauste und stürmte es so sehr, dass es ihr die Sicht nahm und sie vollkommen die Orientierung verlor. Ihr war eiskalt und das bedrohliche Rauschen machte ihr Angst. Ihre schwarzen Haare flatterten wild um ihren Kopf und sie hoffte nur, dass es vorbeiging. Die Temperatur sank immer weiter und Allegra schrie auf, als scharfe Eissplitter ihr das Gesicht zerkratzten.

Plötzlich war alles schlagartig still.

Um sie herum herrschte augenblicklich eine Ruhe, die ihr vollkommen unrealistisch erschien. Doch direkt neben ihr tobte noch immer der Sturm. Allegra schien sich wie in dem Auge eines Tornados zu befinden.

Schockiert und verwirrt setzte sie sich auf und lauschte in den Sturm: Außerhalb der Kapsel hörte man jetzt Stimmen, Schreie und das Knallen von Explosionen ... und nun auch leise Schritte innerhalb der Kapsel, die sich unaufhaltsam näherten.

Furchtsam schaute Allegra in die Richtung, aus der das Geräusch kam: Um keinen Preis würde sie in diesen Sturm laufen, doch die Schritte klangen nicht wie die von Gene, die sie jetzt gerne bei sich gewusst hätte.

Allegras Gedanken stoppten abrupt, als eine Frau aus dem Sturm trat. Ihre braunen Locken kräuselten sich im Wind, doch es sah nicht so aus, als hätte der Sturm ihr nur das Geringste anhaben können.

Allegra blinzelte und wandte den Blick ab, um langsam auf die Beine zu kommen. Sie fand die Frau furchteinflößend und nahm sich nicht die Zeit, sie näher zu betrachten, sondern wich an den Rand der Windmassen zurück.

Das Blut pochte in ihren Ohren und ihr war leicht schwindelig. Das war seltsam!

Sie hatte dieses Gefühl noch nie verspürt!

Dann ging alles ganz schnell: Zwei starke Arme packten sie, schnürten ihr die Luft ab und rissen sie in den Sturm. Ihr wurde ein kleiner Gegenstand zwischen die Lippen geschoben, der sie unmittelbar müde machte, so unglaublich müde.

Das Letzte, was sie hörte, bevor die Schwärze sie verschluckte, war der verzweifelte Ruf einer Frauenstimme: „Leox!"

Als Allegra zu sich kam, war ihr erster Impuls zu fliehen.

Ihre Angst war so übermächtig, dass sie erst bemerkte, wie übel ihr war, als sie sich in eine Schüssel, die neben ihr stand, übergab. Krampfartig würgte sie und lag erschöpft auf einem weichen Teppich.

Ihr war nicht mehr kalt, was sie wohl dem Kamin mit dem offenen Feuer zu verdanken hatte.

Nach einiger Zeit bemerkte sie, dass sie nicht allein war. Auf einem der beiden samtenen Ohrensesseln saß ein Mann und starrte sie an. Sein langes karamellfarbenes Haar schien das Licht förmlich zu absorbieren, sodass es stumpf und zugleich glänzend wirkte.

Mühsam stand Allegra auf und setzte sich in den zweiten Sessel ihm gegenüber. Nervös spielte sie mit ihren Fingern, eine lästige Angewohnheit, wenn sie nicht wusste, wie sie sich verhalten sollte.

Der geheimnisvolle Mann stand unvermittelt auf und ging durch den holzvertäfelten Raum zu einem schwarzen Flügel, nur um dann einige Zeit auf die Tasten zu starren. Seine Ausstrahlung vermittelte Abwehr, doch seltsamerweise hatte Allegra vor ihm weniger Angst als vor der Frau aus dem Sturm. Allegra schlug ihre Beine übereinander und schluckte.

„Du bist ... Leox!" Es war keine Frage. Er drehte langsam den Kopf und starrte sie unergründlich an.

„Tut das etwas zur Sache?", fragte er mit irritierend sanfter Stimme und zog eine Augenbraue hoch.

Allegra lächelte nicht.

„In gewisser Weise schon!", ließ sie sich auf seine Art der Konversation ein. „Ein Name kann viel über eine Person aussagen ..."

„Oder gar nichts", flüsterte Leox leise.

Nun schwang eine gewisse Bedrohlichkeit in seiner Stimme mit, die Allegra standhaft zu ignorieren versuchte. Sein Blick brannte intensiv auf ihrem Gesicht und ihr fiel auf, dass seine Augen verwirrend amethystfarben waren.

„Du weißt nicht, was du da sagst!", raunte er und wandte sich unerwartet ab.

„Warte!" Ohne darüber nachzudenken, war Allegra auf den Beinen, als er sich langsam umdrehte.

„Ja?"

„Wo sind wir?" fragte sie atemlos.

„An einem Ort, wo du noch nicht einmal darüber nachdenken wirst, wie man flieht."

Sein Blick hatte etwas Düsteres, als er sich umdrehte und ihr mit einer Hand bedeutete, ihm zu folgen. „Komm, es ist besser, wenn du dich auskennst, bevor die Abendversammlung einberufen wird."

Trotz dieser rätselhaften Andeutung folgte Allegra Leox aus dem Raum in einen mit roten Teppichen ausgelegten Gang. Ein Kronleuchter an der Decke tauchte alles in einen sanften Glanz. Leox wandte sich nach rechts und zeigte ihr ein Esszimmer, welches fast komplett von einem zerkratzten, jedoch edlen Mahagonitisch eingenommen wurde, eine Bibliothek, welche Allegra später besuchen wollte und ein Zimmer, das ganz in Rot und Gold gehalten war.

An dieser Stelle ließ Leox sie stehen und bedeutete ihr stumm, dass sie eintreten solle. Das einzige Zimmer, welches er ihr nicht zeigte, war das ihrem gegenüber gelegene, in dem er nach der Führung auch sogleich verschwand. Von ihrem Raum ging noch ein Badezimmer ab, welches ebenso antik gehalten war wie der Rest der Etage.

Allegra sehnte sich nach einem Computer oder wenigstens nach elektrischem Licht, doch dieser Luxus schien ihr nicht vergönnt zu sein, wie sie mit einem Blick auf die Kerzenansammlungen feststellen musste.

Bei ihrem Anblick hatte sie das Gefühl, etwas sehr Wesentliches vergessen zu haben oder über etwas Bestimmtes nachdenken zu müssen.

Aber über was?

Sie ging in das angrenzende Badezimmer und betrachtete sich verwirrt im Spiegel: Ihre hellgrünen Augen sahen erschöpft aus und die Uniform war zerrissen. Der Schwindel und die Kopfschmerzen hatten noch nicht nachgelassen.

Als sie wieder aus dem Bad trat, lag ein Buch auf ihrem Bett. Sie schlug es auf und stellte erstaunt fest, dass es eine Auflistung genau ihrer Symptome enthielt.

Außerdem stand *Magie-Allergie* unterstrichen an der unteren Kante der ersten Seite.

„Seltsam", murmelte Allegra. „Magie ..., war es das, was den Wirbelsturm in der Kapsel ausgelöst hatte?"

„Ja, das war Magie", sagte Leox vom Türrahmen aus.

„Wie meinst du das, Magie?", wunderte sich Allegra.

Er sah sie angespannt an. „Es ist nicht an mir, dir dies zu offenbaren. Komm jetzt, wir müssen los. Sie warten bereits auf dich." Seine Miene war so verschlossen, dass Allegra sich nicht traute nachzufragen, wohin sie gerufen wurden und wer sie längst erwartete.

Sie trat hinter Leox aus der Tür in einen weitläufigen Korridor, der in einer massiven Marmortreppe mündete. Alles war mit filigranen Goldverzierungen verkleidet, und eine Vielzahl kunstvoll gestalteter Statuen säumten den Flur.

Leox führte Allegra in einen Saal, der vollkommen menschenleer war. Er drückte sie auf einen Stuhl und zog sich an die Wand hinter ihr zurück. Nervös starrte sie ihn an, doch er legte nur einen Finger auf die Lippen und beobachtete sie aus wachsamen, irisierenden Augen – gerade so, als wolle er sie mit seinem Blick an ihren Platz bannen.

Sie nickte leicht und wandte ihm den Rücken zu.

Kurz beherrschte eine Spannung den Raum, die Allegra nicht benennen konnte. Daraufhin öffnete sich eine goldverzierte Flügeltür am Ende des Raumes und drei Personen traten ein. Für einen kurzen Moment schien alles wie eingefroren.

Sofort kam mit aller Macht die Übelkeit zurück. Allegra fiel von ihrem Stuhl und hätte sich wohl verletzt, wenn Leox sie nicht geistesgegenwärtig aufgefangen hätte. Ihre Sicht war verschwommen, doch sie hörte deutlich seine Stimme. Er klang aufgebracht und es schwang ein gewisser Schmerz in seiner Ausdrucksweise mit, als er zischte:

„Ihr lasst sie leiden für einen bloßen Test?" Leox verurteilte die Anwesenden im Raum ganz offensichtlich, doch weswegen?

Allegras Gedanken wurden jäh unterbrochen als Leox gequält aufstöhnte und sich sichtlich geschockt auf einen der Stühle sinken ließ. Vorsichtig richtet Allegra sich auf.

Auf der anderen Seite des Tisches stand die dunkelhaarige Frau aus dem Sturm. Diese fixierte Leox für eine Sekunde und ein Schmerz, den Allegra nicht einordnen konnte, huschte über ihr Gesicht. Sofort hatte die Frau sich wieder vollkommen unter Kontrolle.

„Du?“ Aus Leox‘ Stimme sprach pure Fassungslosigkeit.

„Ich wüsste nicht, dass wir uns kennen!?“, antwortete die Dunkelhaarige herablassend. Doch hinter ihrer Härte sah Allegra die Lüge, die in ihren Worten steckte.

Wer war sie? Ihr Auftreten passte zu dem Eindruck, den Allegra von dieser Frau in der Kapsel gewonnen hatte. Allegra versuchte sich trotz des Schwindels zu konzentrieren und nahm zum ersten Mal auch die beiden anderen Personen im Raum deutlich wahr.

Sie hätten unterschiedlicher nicht sein können, und doch schienen sie auf irgendeine Art und Weise verbunden zu sein: Es waren ein Mann und eine Frau. Sie hatten die Hände ineinander verschränkt und standen wie selbstverständlich näher aneinander als sie es gemusst hätten.

Die blonde, zierliche Frau war ausgesprochen hübsch. Der Mann überragte sie zwar, war aber nicht sehr muskulös. Sein schwarzes Haar wirkte durch ein paar blaue Strähnen recht ungewöhnlich. Er ließ seinen Blick einmal zu Leox schweifen und wandte sich dann Allegra zu.

„Wir heißen dich herzlich willkommen! Auch wenn es nicht danach aussieht: Es war nie unsere Absicht, dich zu quälen. Wir wussten nicht, wie stark du auf Magie reagierst, trotzdem hätten wir das Risiko nicht eingehen dürfen." Seine Stimme hatte einen seltsamen Doppelklang. „Leox hat uns von deiner körperlichen Reaktion auf magische Aktivitäten berichtet", fuhr er fort.

Trotz seiner erkennbaren Reue fiel Allegra auf, dass er sich nicht direkt entschuldigt hatte. Seltsam ...!

„Ich bin Lovis Vaçtmon, und dies ist meine Schwester Eleazar", stellte er sich und seine Begleitung vor.

„Wir sind hier, um dir einen Vorschlag zu unterbreiten, den du aber keinesfalls gezwungen bist anzunehmen. Du bist nicht unsere Gefangene. Wir betrachten dich als unseren Gast."

Wieder bemerkte Allegra, dass er nicht alles explizit erwähnte, beispielsweise, dass es ihr frei stand zu gehen. Machte er das, um sich später nicht gezwungen zu fühlen, sein Versprechen einzuhalten, das sie nur sein Gast war?

Trotz der Freundlichkeit, die er ihr entgegenbrachte, traute sie ihm nicht im Geringsten. Allegra spürte erneut diese innere Unruhe, die sie bereits in ihrem Zimmer erfasst, jedoch beiseitegeschoben hatte.

Worauf wollte dieses Gefühl sie nur aufmerksam machen?

Ungeachtet ihrer Unsicherheit gab sie sich einen Ruck:

„Welchen Vorschlag?"

4

Gene O'Leary

Unendlich lange wartete Gene nun schon auf ein Zeichen von Orly, Lux oder Beverly.

Und sie war wütend ... so unglaublich wütend. Was fiel ihnen ein, sie zu betäuben? Gene musste zwar zugeben, dass ihre Schmerzen seitdem deutlich schwächer waren und doch ...

Dazu kamen noch die Sorgen um Allegra. Was, wenn ihrer Kommandantin etwas zugestoßen war? Es wäre ihre Schuld, da sie Allegra im Stich gelassen hatte.

Ein Geräusch von draußen ließ sie aufblicken.

Orly hatte Gene in ein vornehmes Herrenhaus gebracht, welches einsam von Wald umgeben auf einem Felsvorsprung stand. Unterhalb schmiegte sich eine kleine Stadt an den Felsen, die im Licht der untergehenden Sonne funkelte.

Gene sah durch das Fenster wie Orly und Lux gerade auf dem Hof vom Rücken zweier gewaltiger Tiere stiegen. Auf den ersten Blick hätte man sie für kräftige Pferde halten können, doch als Gene nach draußen eilte und den beiden Frauen über den Hof entgegenlief, erkannte sie, dass es sich um riesige Wildkatzen handelte.

Gene hätte sich wohl darüber gewundert, hätte sie nicht

vorhin schon einen braunhaarigen Jungen auf einem großen Vogel mit ledrigen Flügeln fliegen sehen.

So zog sie nur eine Augenbraue hoch und wandte sich an Orly: „Ich würde es vorziehen, dass man mir Bescheid sagt, bevor man mich in einen komatösen Tiefschlaf versetzt!", zischte sie.

Ruhiger fügte sie hinzu: „Aber erst einmal das Wichtigste: Wo ist meine Kommandantin, und wie geht es ihr?" Gene sah sich um, als würde sie erwarten, dass Allegra jeden Moment auf einer Wildkatze angeprescht käme.

Orly sah Gene nicht an, als sie murmelte „Allegra ist ... tot, ich ..."

„Sparen Sie sich Ihre Lügen!", schnitt Gene ihr aufgebracht das Wort ab. „Ich weiß, dass sie nicht tot ist. Vor jedem Auftrag bekommt der Kapitän eines Schiffes einen Mastercode, mit dem er augenblicklich über seinen Transmitter benachrichtigt wird, wenn eines seiner Besatzungsmitglieder gestorben ist. Ich bin die Kapitänin der *UNIVERSITY* oder war es zumindest, und ich habe keine Benachrichtigung über Commander Saivors Ableben bekommen! Ihrer Lüge entnehme ich, dass Sie Allegra nicht dort gefunden haben, wo sie sein sollte. Haben Sie auch den Umkreis der Kapsel abgesucht?"

Orly nickte. Zaghaft erwiderte sie: „Vielleicht sollten wir zuerst Lux versorgen. Sie hat sich verletzt, während ..."

Wütend verdrehte Gene die Augen. „Ich möchte Ihre Lügen nicht hören, nur die Wahrheit oder Sie halten den

Mund!“

Orly schwieg.

„Dachte ich mir schon!“, fauchte Gene und sah Lux an, die sich bis jetzt im Hintergrund gehalten hatte und von Minute zu Minute schwächer wurde.

„Kannst du laufen?“ fragte Gene sie widerwillig. Als Antwort machte Lux einen wackeligen Schritt und stolperte.

Orly war sofort bei ihr und stützte sie: „Ich trage Lux, Sie können in den Besprechungsraum gehen, wenn Sie Antworten wollen“, fügte Orly resigniert hinzu. „Ich werde dort sein, sobald ich Lux abgeliefert habe. Gehen Sie die Zentraltreppe hinauf und dann immer geradeaus! Er ist nicht zu verfehlen.“

Gene nickte knapp und lief in Richtung Haus, ohne sich noch einmal umzusehen. Sie war sich keineswegs so sicher, was Allegras Befinden anging, wie sie es vorgab.

Zudem waren da noch die unzähligen Lügen von Orly. War diese nur verzweifelt oder am Ende doch bösartig? Diesen Eindruck hatte Gene von der aristokratisch wirkenden Frau eigentlich nicht, doch das konnte auch eine Täuschung sein.

In Gedanken versunken lief Gene den ihr beschriebenen Weg entlang. Sie hob den Kopf, als sie in die große kreisrunde Halle trat. Gradlinige Säulen, die eine ausladende Empore stützten, säumten den Raum und schufen so einen geheimnisvoll wirkenden Gang, der mit sternenförmig angeordneten Durchgängen einmal um den ganzen Saal führte.

In der Mitte stand ein imposanter Tisch, auf dem eine plastische Karte der Umgebung nachgebildet war. An den Säulen standen hohe Bücherregale, die von sechs Kronleuchtern an der Decke in ein warmes Licht getaucht wurden. Das rot-orange Sonnenlicht, welches durch eine zentral liegende Kuppel in den Saal fiel, schuf zusätzlich eine magische Atmosphäre. Dieser Raum war eindeutig das Herzstück des Hauses, und Gene konnte nicht anders als darüber zu staunen, wie filigran und präzise gestaltet die goldenen und blauen Ornamente an den Steinwänden wirkten.

Überraschenderweise war Orly schon anwesend. Neben ihr stand ein ganz in Blau gekleideter Teenager mit wilden braunen Haaren und aufmerksam blitzenden Augen. Er musterte Gene kurz und lächelte sie an.

Mit schnellen Schritten durchquerte diese den Raum und stellte sich herausfordernd vor Orly. Sie betrachtete Gene ernst, lächelte dann aber.

„Darf ich dir Tomethy Luctus vorstellen?"

Obwohl Gene ihre Aussprache mit Orly nicht hinauszögern wollte, musste sie einfach fragen: „Der Sohn von Beverly?" Sie war leicht irritiert, da sie nicht damit gerechnet hatte, dass die verschlossene Beverly Kinder haben könnte.

Orly nickte. Daraufhin bedeutete sie Gene, ihr zu dem Tisch mit der plastischen Karte zu folgen.

Gene lehnte sich abwartend an eine Säule. „Also?"

Orly senkte den Kopf. „Warum ich Sie angelogen habe, ist leicht zu erklären: Ich hatte Angst!"

Mit solch einer Offenheit hatte Gene nicht gerechnet.

„Oder vielmehr habe ich Angst. Dass Sie auf diesem Planeten gestrandet sind, ist keinesfalls Zufall. Ich habe Sie hierher bestellt, damit Sie uns helfen. Wir stehen am Rande eines Krieges, den wir höchstwahrscheinlich nicht gewinnen können. Ich hatte große Sorge, dass Sie, sobald Sie von meiner Beteiligung an der Zerstörung Ihres Schiffes und dem Verschwinden Ihrer Kommandantin erfahren würden, nicht mehr bereit gewesen wären, uns zu helfen. Ich weiß, dass Sie jetzt sagen werden, Sie hätten sowieso keine Wahl, da Sie auf diesem Planeten festsitzen, aber glauben Sie mir, die haben Sie.“

„Das kann nicht Ihr Ernst sein!“, entfuhr es Gene fassungslos. „Das kann nicht so geplant gewesen sein! Sie konnten gar keinen Einfluss auf die Zerstörung nehmen, die mein Schiff ereilt hat. Woher sollten Sie Kenntnis über unseren genauen Standort und unsere Schwachstellen gehabt haben? Allein die Annahme, dass Sie die Mittel haben, eine so gravierende Katastrophe hervorzurufen, ist völlig absurd ... und sehr verstörend. Warum lügen Sie mich erneut an? Ich dachte, Sie wollten mir eine ernsthafte Chance geben, die wahren Hintergründe Ihres Handelns und Ihres Problems zu verstehen? Schließlich haben Sie mehrmals betont, dass Sie unsere Hilfe brauchen. Da ist ehrliche Offenheit ja wohl das Mindeste, was ich verlangen kann!“

„Das Schwierige ist, dass die Lage nicht so einfach ist, wie sie scheint“, fuhr Orly unbeirrt fort. „Seit Beginn unserer

Zeitrechnung sichert eine geheime Prophezeiung unseren Fortbestand. Diese scheint sich nun zu erfüllen. Wir brauchen Hilfe, die wir nirgends auf diesem Planeten bekommen können. Das Überleben meiner Spezies hängt davon ab. Um die Person zu erreichen, die in der Weissagung genannt wird, habe ich einen Zauber gewirkt, der sie hierherführen soll. Wie er sich entfaltet, ist unmöglich vorauszusehen, ich habe keine Kontrolle darüber. Es ist wahrscheinlich, dass er noch immer wirkt und die kommenden Ereignisse verändert oder beeinflusst."

Es erfüllte Gene mit tiefem Zweifel, dass etwas Übernatürliches ihre Zukunft beeinflusste, und dass weder sie selbst noch Orly etwas daran ändern konnten. Umso dringender brauchte sie konkretere Informationen.

„Was für ein Problem bedroht Sie?"

Orly sah sie durchdringend an:

„Unsere Gegner sind im Grunde nicht wirklich unsere Gegner, sie sind ein Teil von uns, und wir leben seit langer Zeit in einer Art Symbiose zusammen. Wir und all das, was Sie hier sehen, sind nicht auf die physische Masse des Planeten angewiesen. Um das zu verstehen, müssen Sie eines wissen: In dem Sonnensystem, welches Ihre Scanner entdeckten, existiert nicht nur der immer sichtbare kristalline Planet *Lumenus*, der sich zwischen den beiden Sonnen befindet, sondern noch ein zweiter, auf dessen Oberfläche wir jetzt gerade stehen. Er ist für Scanner sowie Betrachter aus dem Weltraum nicht zu sehen beziehungsweise nicht aufspürbar, da er sich in einer Art Blase befindet!"

Gene sah Orly vollkommen verwirrt an. „Eine Blase? Wie kann ich mir das vorstellen?"

„Nun, vielleicht können Sie mit der Bezeichnung raumkrümmende Nebenexistenz-Irritation mehr anfangen. Diese ist derzeit an Lumenus gekoppelt."

„Sie haben ein Dimensionsportal geschaffen?", fragte Gene irritiert.

„Sie können es in etwa so bezeichnen, auch wenn ich glaube, dass wir es anders geöffnet haben, als Sie denken. In unserer Nebendimension existiert nur ein einzelner Planet. Wir können hier leben, da durch die Blase die Helligkeit als auch die Wärme der Sonnen dringt. Daher haben wir hier einen ähnlichen Rhythmus wie auf der früheren Erde, auch wenn wir nicht in Stunden und Tagen, sondern in Helligkeits- und Dunkelheitszyklen rechnen. Ein dunkler und ein heller Zyklus ergeben eine Zeiteinheit, die in etwa einem Erdentag entspricht. Jeder dieser Zyklen ist in zwei weitere Abschnitte eingeteilt, in die erste und die zweite Hälfte. Diese enthalten nach Ihrer Zeitrechnung je sechs Stunden, somit beinhaltet der Helligkeitszyklus insgesamt 12 Stunden. Der Dunkelheitszyklus ist genauso unterteilt und schafft so einen regelmäßigen Ablauf bzw. Wechsel von hell und dunkel. Dadurch haben wir ein gegen Sonnenumdrehungsanomalien gefeites Zeitsystem entwickelt."

Gene schaute Orly forschend an und hatte den Verdacht, dass diese vor allem aus Unsicherheit, wie sie fortfahren sollte, so ausschweifend geworden war. Gene beschloss, es ihr so einfach wie möglich zu machen:

„Sie leben also in einer Nebendimension sowie in einer Art Symbiose mit Ihren ..." Da Gene klar wurde, dass das Wort „Gegner" mehr Fragen als Erklärungen aufwerfen würde, versuchte sie sich an dieser Stelle diplomatischer auszudrücken. „... Nachbarn. Wer sind sie und was ist das für eine Symbiose?"

Orly wirkte sichtlich froh, dass Gene so schnell begriff:

„Unsere Nachbarn, wie Sie sie betiteln, nennen sich selbst die PLANETAREN. Sie sind eine wandelbare und besonders anpassungsfähige Lebensform, die schon viel länger Lumenus bewohnen als wir in diesem Sektor sind. Ihre Existenz hängt so stark mit der Symbiose zusammen, dass sie ihr Erscheinungsbild dem unsrigen angepasst haben."

Erfreut über Orlys plötzliche Kooperation beugte Gene sich erwartungsvoll vor.

Orly räusperte sich: „Wie Ihnen sicher schon aufgefallen ist, wirken wir alle ausgesprochen menschlich und sind es bis zu einem gewissen Teil auch."

Gene sog scharf die Luft ein.

Orly betrachtete sie kurz und führte aus: „Im 18. Jahrhundert waren die Menschen auf der Erde noch nicht sehr fortschrittlich. Das fiel einer kleinen Gruppe besonders Begabter von ihnen auf. Sie besaßen Fähigkeiten wie beispielsweise eine erhöhte Konzentrationsfähigkeit oder die Gabe aus allen Pflanzen heilende Salben und Tränke herzustellen. Dadurch hielt man sie irrtümlicherweise für die so gefürchteten Hexen, doch trotz ihrer Verfolgung überlebten einige von ihnen."

Gene, die sich durch ihr geschichtliches Studium mit den weit zurückreichenden Zeitabschnitten der menschlichen Geschichte auskannte, konnte nur nicken. Die Hexenverfolgung war ein düsteres Kapitel der Menschheit, doch woher wusste Orly davon? Gehörte sie zu den Menschen?

„Durch ihre außergewöhnlichen Fähigkeiten gelang es dieser Gruppe, ein Raumschiff zu konstruieren, Jahrhunderte bevor die anderen Menschen dazu in der Lage waren. Sie kehrten ihnen den Rücken zu und verschwanden in das bis dahin noch völlig unerforschte Weltall."

Ein unerforschtes All konnte Gene sich nur schwer vorstellen. Trotzdem lauschte sie weiter gebannt Orlys Erzählung.

„Sie drangen immer weiter vor, bis sie schließlich auf einen Planeten stießen, der ihnen als Heimat möglich erschien. Er war jedoch bereits bewohnt. Also handelten sie mit dem dortigen Anführer einen geheimen Vertrag aus, ohne das die Bevölkerung etwas davon erfuhr.

Diese hatte zu jener Zeit jedoch wesentlich gravierendere Probleme: Ihr Planet war in Gefahr. Das Zwillingsgestirn, welches die Planeten bewohnbar machte, befand sich viel zu nah aneinander, sodass die beiden Sonnen aufeinander zu stürzen drohten und so den in der Mitte schwebenden Planeten vernichten würden. Zur selben Zeit fanden unsere Wissenschaftler heraus, dass ein auf dem Planeten zu findender Rohstoff die begabten Menschen in mächtige Wesen verwandeln konnte. Mit diesem besonderen Rohstoff im Blut waren sie zu Dingen fähig, die Sie sich noch nicht einmal vorstellen können! Sie konnten riesige Infernos auslösen und nur mit ihrer bloßen Willenskraft einen Tornado erschaffen. Sie wussten noch nicht einmal selbst, was sie alles vermochten."

Gene schüttelte dazu nur ungläubig und zugleich völlig überwältigt den Kopf.

„Die Wissenschaftler entdeckten zudem, dass sie den Planetenbewohnern mit diesen Kräften helfen konnten: Sie erschufen ein geheimnisvolles Feld, welches beide Sonnen in genügendem Abstand hielt und so die Existenz des Planeten sicherte. Dafür verlangten die Menschen nur zwei Dinge: Erstens die ständige Lieferung des rätselhaften Rohstoffs, den seltsamerweise nur die Planetaren selbst abbauen konnten, und zweitens die Erlaubnis, ein besonderes Portal auf der Oberfläche von Lumenus errichten zu dürfen. Durch dieses spezielle Portal ist unser Planet *Äonia* erreichbar.

Dort entwickelte sich, unter dem stetigen Einfluss des Rohstoffs eine eigene Lebensform, dem Menschen ähnlich, jedoch in vieler Hinsicht überlegen: **Die Magische Sphäre.** Doch um ausreichend Energie zum Schutz des Planeten Lumenus aufzubringen, musste immer ein Kind aus dem mächtigen und ehrwürdigen Familienstamm *Luctus* seine Magie in einen Generator auf Lumenus einspeisen. Diese Vorgehensweise unterlag jedoch absoluter Geheimhaltung."

Orly endete erschöpft, ließ Gene jedoch kaum genügend Zeit, um alles zu verarbeiten, bevor sie murmelte: „Und so ist es bis heute. Wir haben noch keine andere Lösung für dieses Problem gefunden. Das Kind verliert nach diesem Vorgang zur Rettung des Planeten für immer jegliche magische Begabung.“

Nach kurzem Schweigen fragte Gene: „Die Symbiose scheint aber doch gut zu funktionieren, oder?“

Orly musterte sie kurz „Der frühere Staatsaufbau der Planetaren war sehr religiös und autokratisch orientiert, wurde jedoch einige Zeit nach unserem Abkommen durch eine Technokratie ersetzt.“

Gene wusste nur das Wesentlichste über diese Gesellschaftsordnung. Die meisten technokratisch regierten Völker waren extrem fortschrittlich und sehr auf Effektivität bedacht. Ein solches Volk wurde meist von Wissenschaftlern geführt, da man darauf vertraute, dass diese den Staat kompetent und fachkundig leiten würden.

Orly schien davon auszugehen, dass Gene sich damit auskannte und verzichtete auf weitere Erklärungen. „Nachdem der alte Herrscher gestürzt wurde, traten die beiden Geschwister Lovis und Eleazar Vaçtmon die neue Führung von Lumenus an. Sie waren unsere neuen Ansprechpartner für die Abgabe der Energie und lieferten uns im Gegenzug zuverlässig den Rohstoff. Doch sie waren jung und zu rastlos, um das altbewährte System so weiterführen und die Geheimhaltung garantieren zu können. Das planetare Volk wollte uns näher kennenlernen und von unseren weitreichenden Fähigkeiten partizipieren. Sie wurden wütend, als wir ihnen den Kontakt verweigerten.“

„Warum haben Sie einer solchen Kontaktaufnahme nicht zugestimmt?“, wunderte sich Gene.

„Uns beunruhigte dieser Wunsch. Wir befürchteten, es könnte unter den Magiern zu Unruhen kommen, da die Planetaren mehr fordern könnten als wir ihnen bereit waren zu geben“, antwortete Orly. „Deshalb verwehrten wir den Planetaren vor einem Megazyklus ihr Anliegen uns kennenzulernen.

Daraufhin erklärten sie uns den Krieg und stellten die Rohstofflieferungen mit sofortiger Wirkung ein. Ich habe versucht, mit ihnen zu verhandeln, doch die Planetaren weigerten sich.“

In diesem Moment sah Orly um Jahre älter aus. „Ich bin mittlerweile bereit, die Planetaren mit unserem Volk bekannt zu machen. Beverly hat ihr Vertrauen gewonnen, doch ihre Berichte sind eine bloße Absicherung, falls Lovis und Eleazar Vaçtmon etwas planen, was uns gefährlich werden könnte. Ich mache nicht den Fehler zu glauben, es würde uns etwas nutzen, wenn wir von einem geplanten Angriff wüssten. Wir könnten ihnen derzeit nicht standhalten, aber ich bin gern über alles informiert. Was Ihre Kommandantin angeht, habe ich den Verdacht, dass sie bei den Planetaren ist, also wahrscheinlich auf Lumenus. Hoffentlich kann Beverly bald mehr darüber berichten. Ich weiß zwar nicht, was sie dort mit ihr vorhaben, aber ich denke, Lovis wird nicht so tief sinken, ihr etwas anzutun.

Gene teilte Orlys Zuversicht nicht.

Wie konnte sie Allegra nur finden?

Doch bevor sie all ihre Fragen zu überwältigen drohten, stellte sie die für sie wichtigste: „Doch was kann ich tun, um zu helfen?"

Orlys Blick glitt für einen kurzen Moment über Gene hinweg, als wollte sie prüfen, ob diese für die nachfolgende Information gewappnet war, als sie leise offenbarte:

„Sie sind eine von uns!"

5

Allegra Saivor

„Habe ich das richtig verstanden? Ich soll die Gegend erkunden und Ihnen einen detaillierten Bericht darüber schicken? Im Gegenzug helfen Sie mir, Gene zu finden?"

Allegra war von dem Pakt, den ihr Lovis Vaçtmon vor zwei Unitates im clara exolvuntur[2] unterbreitet hatte, nicht überzeugt. Einerseits wusste sie nicht, welchen Sinn das ergeben sollte, andererseits hatte sie kaum andere Möglichkeiten. Außerdem wäre es bestimmt nützlich, sich etwas in der Gegend auszukennen, falls sie überraschend fliehen musste.

Eleazar Vaçtmon sah sie freundlich an. „Das hast du richtig verstanden, jedenfalls zum größten Teil! Vergessen hast du allerdings, dass Mr. Astrum und ich dich begleiten werden."

Ach ja, Leox kam ja auch mit.

„Und was tun wir nun hier?" fragte Allegra, als Eleazar

---

2 Als *clara exolvuntur* wird der helle und als *tenebris exolvuntur* der dunkle Zyklus bezeichnet. Jeder dieser Zyklen wird zur Vereinfachung halbiert und in jeder Hälfte in sechs Abschnitte, also insgesamt zwölf Abschnitte pro Zyklus eingeteilt. Dabei nennt man die Hälfte *dimi* und jeden dieser einzelnen Abschnitte *unitas* (vergleichbar mit einer Stunde in der früheren Erdenrechnung). Ein kompletter Durchlauf des Helligkeits- und Dunkelheitszyklus, also 24 unitates sind ein *nino*. Diese Art der Einteilung dient auf Lumenus und Äonia der Zeitbestimmung.

schwungvoll eine große Holztür aufschob. Die Frage erledigte sich sogleich, als Allegra den kleinen Raum dahinter betrat. Er beinhaltete Hunderte fein gearbeiteter Waffen: Dolche, Schwerter, Bögen, Äxte, Lanzen und noch vieles mehr.

Allegra fiel sogleich auf, dass es keine Lähmungsphaser, Schwerkraftverschlinger oder ähnlich technische Kampfgeräte gab. Alle Waffen waren mittelalterlich und töteten wahrscheinlich höchst effizient.

„Ich werde diese Waffen nicht benutzen", stellte Allegra sofort klar und wich zurück.

Eleazar sah sie irritiert an. „Das musst du auch nicht! Es ist eine reine Vorsichtsmaßnahme." Allegra glaubte ihr nicht, schritt jedoch trotzdem die Reihen von Waffen ab. Sie verabscheute die Vorstellung, jedwedes Leben gewaltsam zu beenden, egal ob Mensch oder Tier. Deshalb trug sie auch immer nur einen Lähmungsphaser bei sich, der nicht anders einstellbar war.

Doch vielleicht musste sie sich verteidigen? Es wäre jedenfalls töricht, in einer völlig fremden Welt ohne Waffe herumzulaufen. Während sie noch zögernd überlegte, für welche Waffe sie sich entscheiden sollte, ging Leox zielstrebig auf die Wand mit den Dolchen zu. Fachkundig wanderten seine Augen von einer Waffe zur anderen. Schließlich entschied er sich für einen scharf aussehenden geschwungenen Dolch aus einem Allegra unbekannten Material.

Eleazar stand schon mit einem filigranen Bogen und etwa

30 Pfeilen abwartend an der Tür. Seufzend musterte Allegra die Schwerter. Eines war aus einem schimmernden Metall gefertigt, besaß einen goldenen Griff und eine aus Elfenbein bestehenden Scheide, die mit verschnörkelten Goldornamenten verziert war. Prüfend zog sie es aus dem Heft. Es lag sehr gut in der Hand, auch wenn sie keine Idee hatte, wie man damit umging.

„Ich nehme dieses hier", sagte sie mehr zu sich selbst und schnallte sich das Schwert auf den Rücken.

Mit forschem Schritt führte Eleazar, Leox und Allegra zum Ausgang. Allegra klopfte das Herz bis zum Hals. Sie wusste nicht, was dort draußen lauerte.

Doch anders als erwartet befanden sie sich, als sie durch die Tür traten, nicht vor dem Anwesen, sondern auf einem hoch gelegenen Balkon. Dort standen drei riesige Vögel eng beieinander: Ihre recht geraden Schnäbel waren lang und orange. Ihr Gefieder leuchtete bunt und sah sehr weich aus. Allegra näherte sich ihnen ohne Scheu.

„Was sind das für Vögel?" fragte sie leise.

Der Mann, der sich offensichtlich um die Tiere kümmerte, musterte sie eingehend. „Sie haben keinen Namen."

Allegra seufzte, es wunderte sie immer wieder, dass viele Kulturen ihren Tieren keine Namen gaben.

Eleazar ging auf den Mann zu. Dieser neigte ehrerbietig den Kopf: „Sie sind für die Reise bereit, Gebieterin. Sie haben ausreichend gefressen und getrunken, sodass sie nun sieben nino nichts mehr benötigen."

Eleazar nickte kurz und ging zu dem größten der Tiere. Es war dunkler gefiedert als die übrigen und wirkte sehr majestätisch.

Leox nahm den schmaleren Vogel links von ihr, und Allegra somit das rechte Tier. Ihr Vogel war rubinrot mit gelb-orangen Schattierungen, die ihn aussehen ließen wie einen lebendigen Sonnenuntergang. Allegra lächelte und stieg auf, beugte sich zu seinem Hals hinunter und flüsterte: „Ich nenne dich Colory." Sie wusste zwar, dass das nicht sehr kreativ war, aber das war ihr egal. Es gab ihr das Gefühl, dem fremden Tier ein wenig näher zu kommen.

Mit einem scharfen Pfiff brachte Orly ihren Vogel dazu, sich in die Luft zu schwingen, und die beiden anderen folgten. Sie wandten sich in südwestliche Richtung und segelten auf die Berge zu.

„Wir werden hinter diesem Gebirgszug landen!", rief Eleazar Vaçtmon ihnen zu, Allegra nickte als Zeichen, dass sie verstanden hatte. Der eisige Wind kniff in ihren Augen, und sie beugte sich näher zu Colory, um sich besser vor den kalten Böen zu schützen.

Es war surreal, dass sie vor etwas mehr als einem nino noch in einer Kapsel hilflos durchs Weltall getrieben war, welches gerade durch die aufziehende Dunkelheit wieder sichtbar wurde, und jetzt ... saß sie auf dem Rücken eines geflügelten Tieres. Allegra hatte keine Ahnung, wo sich Gene befand, wie es ihr ging, und was hier alles als gefährlich einzustufen war. Wem konnten sie vertrauen?

Doch Allegra schwor sich, Gene zu finden, koste es, was es wolle.

Die kleine Gruppe flog den gesamten tenebris exolvuntur hindurch. Es wurde immer kälter, und Allegra sah in einiger Entfernung einen Sturm heraufziehen, doch er behinderte ihr Vorankommen nicht.

Leox und Eleazar hüllten sich in Schweigen, also sprach sie ebenfalls nicht. Sie kamen in der wolkenlosen Dunkelheit gut voran. Die Vögel waren ausgeruht, sodass sie die Berge mit Leichtigkeit zu Beginn der Morgendämmerung hinter sich ließen und auf einer im Dämmerlicht grau erscheinenden Wiese landeten. Der Tau durchnässte Allegras schweren saphirblauen Umhang, und sie zitterte vor Kälte. Eleazar bemerkte dies und entzündete immer noch schweigend ein Feuer. Leox schaffte zwei Bäume für sie heran. Eleazar setzte sich leise. Sie kramte ein Stück Pergament aus ihrer Tasche und begann zu zeichnen. Es war eine Kartografie der Umgebung aus der Vogelperspektive.

„Mr. Astrum, kümmern Sie sich um die wichtigsten Merkmale in der hiesigen Umgebung: charakteristische Felsen, große Geröllflächen und so weiter! Markieren Sie alles auf dieser Karte!“ Sie gab ihm ein weiteres Stück Pergament.

Leox nickte und verschwand in Richtung Berghang.

Sie wandte sich Allegra zu: „Kartografieren Sie bitte die Tiere, Lebewesen und eventuellen Unregelmäßigkeiten im Umkreis von einigen Kilometern!“

Allegra betrachtete sie misstrauisch.

„Unregelmäßigkeiten?“

Eleazar ignorierte ihren Einwand und streckte ihr ein Pergament entgegen. Allegra nahm es widerwillig und lief in Richtung Wald.

Auf dem Pergament war eine genaue Kopie von Eleazars Zeichnung zu sehen. Wie hatte sie das gemacht? Anscheinend übertrugen sich alle Skizzen, welche die anderen einzeichneten, direkt auch auf ihr Pergament: Mittlerweile waren drei Blumen- und Pflanzenarten sowie eine charakteristische Stelle verzeichnet.

Allegra seufzte und sah sich um. Auf dem Boden waren so etwas wie Hirsch- und Wildschweinspuren sowie die eines fuchsähnlichen Tieres sichtbar. Allegra folgte ihnen und trug die entsprechenden Tiere auf ihrer Karte ein. Nach und nach füllte sich diese mit Pflanzen, Tieren und auffallenden Merkmalen.

Nach einiger Zeit stieß Allegra auf Spuren von Wesen, die es in diesem abgelegenen Waldstück eigentlich gar nicht geben sollte: menschliche Fußabdrücke. Allegra verzeichnete sie ebenfalls auf der Karte, teils um sie später wiederfinden zu können und teils um die anderen zu warnen.

Prompt erschien auf der Karte eine hastige Warnung in der geschwungenen Handschrift von Eleazar, die sofort wieder verschwand. Also funktionierte die Karte auch als Kommunikationsmittel.

Allegra steckte sie sorgfältig wieder ein und schlich weiter. Nach einigen Metern hörte sie Stimmen:

„Heute war die Beute gut, dafür bekommen wir einen schönen Betrag in Luberia."

„Ja, ein guter Fang heute!"

Allegra knirschte mit den Zähnen. Wilderer! Pflichtbewusst trug sie es auf der Karte ein. Sie hasste Menschen oder generell Wesen, die Tiere oder andere Lebewesen nur zum Spaß oder aus Habgier töteten oder verletzten.

Sie pirschte sich näher an die Stimmen heran.

Ein Lager kam in Sicht. Es bestand aus einer kleinen Ansammlung von spitzen Zelten in verschiedenen Farben und Größen. Davor hatten die Wilderer ein Lagerfeuer entzündet und sprachen ausgelassen über ihren Erfolg.

Hinter einem der größeren Zelte befanden sich einige Käfige. Allegra schlich sich an den Wilderern vorbei auf diese zu. Nur fünf der Verschläge waren belegt. In Vieren davon befanden sich junge Hirsche, die ängstlich und nervös in ihrem Gefängnis auf und ab tänzelten.

In dem letzten Käfig befand sich ein Allegra gänzlich unbekanntes kleines Wesen. Es schimmerte perlmuttfarben, besaß zwei filigrane Flügel am Rücken, und aus seiner Stirn ragten zwei kleine Fühler, die sich panisch auf und ab bewegten. Allegra öffnete diesen Käfig als erstes und das Wesen sirrte glücklich in die Freiheit.

Anschließend ließ Allegra noch die jungen Hirsche frei. Was sie nicht bedacht hatte, war, dass diese direkt in das Lager der Wilderer preschten.

Von dort waren sogleich wütende Schreie zu hören:

„Wer hat die Viecher freigelassen?“

„Fangt sie sofort ein!“

Allegra hielt die Luft an, als sie sah wie die Männer große Netze holten, um die Hirsche wieder einzufangen.

Wenn nicht alles umsonst gewesen sein sollte, musste sie die Männer jetzt stoppen.

Geistesgegenwärtig holte sie zuerst ihre Karte hervor, schrieb einen hastigen Hilferuf und huschte auf leisen Sohlen ins Lager. Zwei der Hirsche befanden sich schon in den Fängen der Netze, die beiden anderen und das wundersame Wesen besaßen noch ihre Freiheit.

Die Frage war nur, für wie lange noch?

Entschlossen kletterte Allegra auf eine Erhöhung am Rande des Lagers und warf mit eilig aufgesammelten Steinen nach einem der Männer.

Dieser richtete sich überrascht auf und entdeckte sie.

„Hey, was macht die Göre da?“

Allegra sprang von ihrem erhöhten Standpunkt und zog ihr Schwert. Sie wollte es eigentlich nicht benutzen, doch der Mann besaß ebenfalls eine Waffe, und so sorgte sie wenigstens für Ablenkung. Doch sie hatte die Brutalität der Wilderer unterschätzt. Wie eine wild gewordene Meute stürzten sich die Männer auf sie.

Einen Moment später stand Allegra mit dem Rücken zur Wand. Ihre Arme schmerzten, sie blutete aus einer Schnittwunde an der Schulter und konnte sich kaum verteidigen. Die Männer waren gefährlich nah gekommen und stachen mit zum Glück kurzen Klingen nach ihr.

Plötzlich stürzte einer der Hinteren, dann ein Mann ganz in ihrer Nähe: Pfeile ragten aus ihren Armen und anderen Körperteilen. Innerhalb weniger Sekunden war die Gruppe stark dezimiert, nur drei Männer standen noch. Ein weiterer Pfeil zischt an Allegra vorbei und erledigte noch einen von ihnen. Der Rest war nahezu einfach: Wie ein Blitz schoss Leox von einem zum anderen, ohne auf wirkliche Gegenwehr zu stoßen. Allegra seufzte erleichtert, spürte dann aber die sich immer weiter ausbreitende Taubheit ihres Arms. War das normal? Wie als Antwort auf ihre Frage schwanden ihr die Sinne und Allegra wurde ohnmächtig. Sie hatte nicht bemerkt, wie sie wegdämmerte, doch als sie benommen blinzelte, lag sie in der Nähe des Lagerfeuers auf der noch von der Sonne gewärmten Erde. Ihre Wunden waren versorgt, und die Taubheit hatte deutlich nachgelassen.

Es war niemand zu sehen. Allegra richtete sich langsam auf. Dunkelheit umgab sie. Sie sah vereinzelte Sterne am Himmel. Colory stand still etwas abseits neben dem Feuer und beobachtete sie wachsam mit intelligenten Augen.

Plötzlich hörte Allegra ein Flirren. Sie wandte sich bedächtig um und entdeckte das wundersame Wesen, das sie vorhin befreit hatte. Es flog auf sie zu, umgeben von einem fluoreszierenden Licht und setzte sich vorsichtig auf ihre Hand. Vielleicht lag es nur an ihrem benebelten Zustand, doch sie meinte ein leise geflüstertes Wort zu hören:

„Danke!“

6

Gene O'Leary

Gene rannte durch die Gänge. Sie war spät dran und musste unbedingt noch etwas herausfinden. Ungeachtet dessen ließen ihre Gedanken und Fragen ihr keine Ruhe. Orlys Offenbarung am Tag zuvor war so überwältigend gewesen, dass es Gene kurzzeitig die Sprache verschlagen hatte.

Sie war eine Element-Magierin, laut Orly sogar eine sehr mächtige.

Doch wie konnte das sein?

Sie kam nicht von diesem Planeten, dem einzig bekannten Ort, an dem Magier lebten. Ihrer Abstammung nach war ihre Familie vollkommen menschlich und niemals in der Nähe dieses Sektors ansässig gewesen. Wie passte das zusammen? Was hatte es außerdem mit Orlys Angebot zur Erweckung ihrer Fähigkeiten durch den Rohstoff von Lumenus auf sich? Was würde dies für Veränderungen mit sich bringen?

Doch im Augenblick gab es dringendere Unstimmigkeiten zu klären.

Gestern war sie auf dem Weg in ihr Quartier an einer Bibliothek vorbeigekommen und wollte diese nun aufsuchen. Ihr war bei Orlys Berichten etwas aufgefallen, etwas

Schreckliches, wenn es sich bewahrheiten sollte.

Orly hatte ihr erzählt, dass immer ein jugendlicher Nachfahre der *Luctus-Linie* seine Magie opfern musste. Das wäre in dieser Generation dann der freundliche Tomethy Luctus.

Gene konnte sich nicht damit abfinden, dass er für das Wohl der „magischen" Welt seine eigene übernatürliche Begabung aufgeben musste. Trotz der knappen Zeit, die ihr blieb, hielt sie kurz inne, als sie in die Bibliothek trat.

Sie stand auf einem leicht schwankenden Holzsteg. Wie in allen wichtigen Räumen dieses Hauses war die Architektur atemberaubend! Die ganze Bibliothek bestand aus einem riesigen See, der auch alle abzweigenden Gänge umfasste und mit vielfältigen tropischen Pflanzen überwachsen war.

Die mit ehrwürdig wirkenden Büchern ausgestatteten Regale durchzogen wie Inseln die spiegelnde Wasseroberfläche, und schwebende fluoreszierende Lichtpunkte erhellten die mit floralen Mustern durchzogene Glaskuppel.

Staunend stellte Gene sich in ein filigranes Holzboot, welches abwartend neben dem Steg hin und her schaukelte. Nach kurzer Überlegung flüsterte sie: „Bringe mich zur Chronik der Familie Luctus!" Langsam setzte sich das Boot in Bewegung und fuhr sie durch das leise am Bootskiel leckende Wasser.

Es hielt vor einem Regal in einem Seitenflügel der Bibliothek und ließ Gene auf einem der davor angebrachten Stege aussteigen.

Sie bemerkte sofort das schwache Leuchten, welches von

einem der Bücher im oberen Teil des Regals ausging. Es war ein sehr schweres Buch, aber glücklicherweise auch das, welches Gene gesucht hatte.

Hastig blätterte sie von einer Seite zur nächsten, bis sie etwas fand, dass ihr möglicherweise weiterhelfen konnte: einen Stammbaum. Erst hielt sie ihn für unwichtig, doch dann fiel ihr Blick auf eine an die Seite gekritzelte Angabe: *Inklusive Abgabeinformationen!*

Genes Herz schlug schneller. Sie spürte, dass es das war, was sie suchte. Im mittleren Bereich des Stammbaums standen zuerst Namen, die sie nicht kannte, dann tauchte Beverlys Name auf. Neben diesem, durch ein Ringsymbol verbunden, stand Leox Astrum. Das war also Beverlys mysteriöser Ehemann, sie waren sogar verheiratet! Die Heirat war in Genes Welt abgeschafft worden, hier aber offensichtlich noch üblich. Weiter unten, fast am Rand der Seite, stand Tomethys Name und daneben ein weiterer. Gene hatte ihn erst übersehen, da er in einem hellen Grau gedruckt war anstatt in dem üblichen Schwarz: *Dune Maryness Luctus.*

Gene war bisher so auf all die Namen fixiert gewesen, dass sie die Anmerkungen übersehen hatte. Manche Namen waren rot unterstrichen oder andersfarbig markiert. So war wahrscheinlich die jeweilige Art der Magie gekennzeichnet worden. Wieder andere waren mit dem Wort *Abgabe* beschriftet. Gene beugte sich näher über das Papier. Zu ihrer großen Erleichterung stand neben Tomethy keine solche Anmerkung ... aber neben Dune Maryness Luctus' Name.

Ein furchtbarer Verdacht beschlich Gene und sie bekam sogleich Gewissheit, als sie den kleinen Text neben Dunes Namen las: *Verstorben an Magieentzug mit 12 Megazyklen. Wir halten sie alle in Ehren!*

Gene war wie vor den Kopf gestoßen. Das Mädchen war an der Abgabe gestorben, Tomethys Schwester ... Beverlys Tochter. Passierte so etwas öfter? Hastig überflog Gene die anderen Namen des Stammbaums, fand jedoch keine weiteren Eintragungen. Also war die Magie oder der Rohstoff, der diese erweckte, für Magier nicht lebenswichtig.

Was war in Dune Maryness' Fall passiert?

Sie musste Tomethy fragen. Eigentlich ging es sie nichts an und doch ... Aus irgendeinem Grund schien es ihr unglaublich wichtig zu sein.

Bevor sie das Buch wieder zurückstellte, musterte sie die Markierungen, die Tomethys Namen umgaben, ein Türkisblau wie seine Augen. Genes Blick huschte zu der Legende, und sie hielt erstaunt inne.

Der unscheinbare Junge war ein Elementmagier wie seine Mutter! Doch anstatt Beverlys Windmagie geerbt zu haben, war er laut der Anmerkung ein sehr mächtiger Wassermagier!

Gene schüttelte den Kopf. Sie war froh, dass er seine Magie behalten konnte, auch wenn seine Schwester dafür ... Sie wollte nicht darüber nachdenken, noch nicht. Rasch stieg sie wieder in das Boot. Sie hatte eine Verabredung mit Orly einzuhalten.

Als Gene kurz darauf etwas zu spät in den Versammlungsraum stürmte, war Orly gerade in ein Gespräch mit Beverly vertieft. Neben ihnen standen Lux und Tomethy.

Beide starrten Gene mit großen Augen an. Diese ignorierte die Blicke und lief direkt zu den beiden Frauen. Orly schaute auf. Sie sah erschöpft aus:

„Gene, gut dass Sie da sind! Beverly hat Neuigkeiten von höchster Dringlichkeit, die Sie interessieren könnten."

Gene wandte sich an Beverly. Diese betrachtete sie kurz, bevor sie sehr leise sagte:

„Ihre Kommandantin Allegra Saivor ist tatsächlich bei den Planetaren, jedoch in anderer Hinsicht als vermutet: Sie befinden sich hier auf Äonia, in einer Bucht namens *Silentium*. Der Name bezieht sich auf die magischen Schwingungen die es an diesem Ort gibt und die jedes Geräusch absorbieren. Daher sind die Planetaren hier solange unentdeckt geblieben. Sie schicken Ihre Kommandantin auf Erkundungstour mit Eleazar Vaçtmon und ...‟

An diesem Punkt zögerte Beverly kurz: „... Leox Astrum! Die Planetaren haben Allegra versprochen, wenn sie ihnen hilft, das Gebiet auf ihren Karten zu kartografieren, werden sie Allegra im Gegenzug die Möglichkeit geben, Sie zu suchen. Ich weiß nicht, ob Lovis schon Verdacht schöpft, aber ich gebe mir Mühe, unauffällig zu bleiben, um mehr herauszufinden."

An dieser Stelle strich Beverly sich nervös durchs Haar.

„Eins noch: Ihre Kommandantin leidet an einer seltenen

Form einer Magie-Allergie. Sie kann dadurch Magier sofort aufspüren, findet diese generell abstoßend und nicht vertrauenswürdig." Mit diesen Worten verließ Beverly den Raum.

Gene schauderte. Allegra war mit Eleazar Vaçtmon sowie Beverlys Mann unterwegs und litt an einer Allergie, die sie Magier hassen ließ.

Also auch Gene, falls sie sich auf Orlys Angebot einließ, sie zu einer der Ihren zu machen. Gene blinzelte und seufzte. Aussichtsloser hätte die Situation kaum sein können. Mittlerweile waren auch Lux und Tomethy gegangen, sodass sie mit Orly allein war.

Das war ihre Gelegenheit! Sie musste die Frau so schnell wie möglich dazu bewegen, sie als Vermittlerin für die Magier einzusetzen, damit Gene auf eigene Faust nach Allegra suchen konnte. Wenn sie sich beide gleichzeitig suchten, würden sie sich vielleicht schneller finden.

Doch Orly war nicht dumm. Würde sie Genes egoistische Idee sofort durchschauen? Und wenn ja, würde sie ihre Beweggründe verstehen? Gene beschloss, dass sie sich nicht in eine Magierin verwandeln lassen würde, solange sie nicht wusste, wie Allegra darauf reagierte. Wollten sie beide heil aus dieser Situation herauskommen und versuchen, den Planeten zu retten, mussten sie unbedingt zusammenhalten.

Orly sah sie abwartend an. Dann seufzte sie:

„Keine weiteren Fragen, kein Verlangen nach überstürzten Handlungen? Ich kenne Sie noch nicht besonders gut, aber das kommt mir recht untypisch für Sie vor ...“

Gene heftete ihren Blick auf Orlys Gesicht:

„Ich bin überrascht, wie Sie mich einschätzen, aber belassen wir es dabei! Ich möchte wirklich beginnen, irgendetwas zu tun, aber dafür brauche ich ein paar Details über meine Aufgabe oder wenigstens einen Hinweis, wie ich am besten helfen kann.“

Sie mochte es nicht, ihre Absichten zu verschleiern, wenn sie durch Ehrlichkeit vielleicht schneller ihr Ziel erreichen konnte. Doch in diesem Fall erschien es ihr klug, keine weitere Angriffsfläche für Manipulation zu bieten, um ihre Sorge um Allegra nicht zu sehr zum Ausdruck zu bringen, auch wenn ihr das unheimlich schwerfiel.

Gene vertraute Orly nur bis zu einem gewissen Grad, denn ihr war nicht entgangen, dass diese immer nur von ihrer eigenen Zugehörigkeit zur Magiergesellschaft gesprochen hatte und nicht von Allegras.

In der Zwischenzeit hatte Orly begonnen vor Gene auf und ab zu gehen. Jetzt blieb sie stehen und blickte Gene unerwartet an.

„Was möchten Sie wissen?“ Gene wusste, dass Orly ihr nicht alles erzählen würde, doch gewissermaßen schuldete die weißhaarige Frau ihr Antworten. Deshalb überlegte Gene eingehend, bevor sie bedächtig ihre Worte zu einem Satz zusammenfügte.

„Warum genau waren Sie damals nicht bereit, die Planetaren kennenzulernen? Sie hätten sie ja nicht mit dem ganzen

Volk bekannt machen müssen, sondern nur mit auserwählten Personen. Solche, die Ihnen vollkommen loyal sind und von denen keine Gefahr ausgeht, weil sie vielleicht einen Aufstand anzetteln oder Ihre Stellung gefährden würden."

Orly, die wieder begonnen hatte, vor Gene auf und ab zu gehen, wirkte plötzlich angespannt.

„Das ist für Ihren Auftrag nicht relevant!"

Gene lächelte ironisch. „Ich muss erst die Grundlagen des Problems verstehen, um Ihnen effizient helfen zu können. Wenn ich nicht weiß, wie und warum etwas passiert ist, kann ich es nicht ändern."

Orly biss die Zähne zusammen. Sie war auf Genes Hilfe, deren diplomatisches Geschick sowie ihren neutralen Standpunkt in diesem Konflikt angewiesen. Trotzdem schien Orly nicht bereit, dies einzusehen. „Es reicht, wenn Sie die wichtigsten Aspekte kennen."

Gene schüttelte belustigt den Kopf über Orlys Sturheit. Einer Eingebung folgend ließ sie das Thema fallen und fragte stattdessen:

„Was ist damals mit Dune Maryness Luctus passiert?"

Verwirrung zeichnete sich auf Orlys Gesicht ab, doch schnell fing sie sich wieder.

„Ich bin überrascht, dass Sie von Tomethys Cousine Kenntnis haben! Ein tragischer Unfall! Die Kleine verstarb im Alter von 12 Megazyklen an einer bis dahin vollkommen unerforschten Krankheit. Wo haben Sie von ihr gehört?"

Gene ließ sich nichts anmerken, triumphierte aber innerlich. Sie hatte durchaus die Unsicherheit in Orlys Worten bemerkt, da es wirklich sein konnte, dass Dune aufgrund einer Krankheit bei der Abgabe gestorben war.

Außerdem war das Mädchen nicht wie behauptet Tomethys Cousine, sondern höchstwahrscheinlich seine ältere Schwester.

„Ach, ich habe es irgendwo aufgeschnappt", murmelte Gene. „Noch eine letzte Frage: Wenn in dieser Generation noch niemand eine Abgabe geleistet hat, müsste dies dann nicht Tomethy tun?"

Orly blieb abrupt stehen und lächelte sie an.

„Nein, er hat noch einen Cousin Ashton Luctus, der älter ist als Tomethy."

Gene nickte: „Danke!"

Innerlich staunte sie, wie überzeugend Orly log. Es gab keinen Cousin namens Ashton, da Beverly keine Geschwister hatte. Orly wollte den Grund für Dune Maryness' Tod verschleiern, aber warum nur? War es einfach ein Skandal, den sie versuchte zu vertuschen? Gene spürte, dass mehr dahinter steckte. Sie gab sich große Mühe, ihre Stimme hart klingen zu lassen, als sie sagte:

„Sagen Sie Bescheid, wenn Sie bereit sind, mir konkrete Antworten zu geben, aber erwarten Sie nicht, dass ich hier bin! Schicken Sie mir einfach eine Nachricht!" Sie warf Orly einen Ohrtransmitter zu. „Ich werde meinen Transmitter tragen. Sprechen Sie hinein, wenn Sie mich erreichen wollen. Ich habe alle Frequenzen außer meiner gesperrt, sodass wir uns darüber unterhalten können.“

Mit diesen Worten rauschte Gene aus der Halle und lenkte ihre Schritte in Richtung Bibliothek. Sie musste dringend mehr über Dune Maryness Luctus herausfinden.

Es war mittlerweile vollkommen hell, als Leox und Eleazar Vaçtmon zurückkamen. Allegra hatte sich in eine Decke gewickelt und versunken in die Flammen gestarrt, sodass sie gar nicht bemerkt hatte, wie die Zeit verrann.

Das wundersame Wesen lag zusammengerollt an ihrem Hals. Leox machte einen erschöpften Eindruck, doch Eleazar schien hellwach.

Allegras nächster Frage zuvorkommend murmelte Eleazar, dass die beiden noch einmal das Wildererlager durchsucht und weitere Tiere in den Käfigen gefunden hatten. Diese hatten sie nach gründlicher Dokumentation in ihren Aufzeichnungen wieder freigelassen. Viele der Wesen gehörten zu einer ihnen vollkommen unbekannten Spezies.

Allegra horchte auf.

„Wie kann es sein, dass Sie diese Wesen nicht kennen? Durch die Notwendigkeit, diese Umgebung zu kartografieren, schließe ich, dass dies nicht Ihr Land ist, und Sie nicht von hier kommen. Aber woher kommen Sie dann? Und wieso sind Sie hier? Warum scheinen hier alle Personen so humanoid? Geht es wirklich nur um das Entdecken neuer Regionen oder um viel mehr? Ich verstehe das alles einfach nicht!“

Mit einer Handbewegung schnitt Eleazar ihr das Wort ab. Die hellblauen Augen der jungen Frau blitzten rätselhaft, als sie sich Allegra langsam näherte und sich vor dieser hinhockte, um mit ihr auf Augenhöhe zu sein.

Fachkundig musterte Eleazar ihr Gesicht und strich ihr schließlich sogar eine Haarsträhne hinter das Ohr. Allegra zuckte bei dieser Berührung zurück. Es fühlte sich falsch an, dieser Frau so nahe zu sein. Eleazar schien ihr Unbehagen zu spüren, denn sie zog sich zurück.

„Der Einfluss lässt nach“, murmelte sie kryptisch.

„Welcher Einfluss?“ Allegra fror plötzlich.

Eleazar sah sie an. „Der Einfluss der Bucht *Silentium*. Neulinge reagieren immer gleich auf die magischen Schwingungen: Sie fragen nichts, wundern sich nicht und spüren auch nur einen Bruchteil ihrer tatsächlichen Gefühle. Das vergeht allerdings nach einiger Zeit, und schließlich kommt alles noch stärker zurück. Also sei froh, dass du bis jetzt nur in der Bucht auf Magier getroffen bist!“

Allegras erster Gedanke war, dass Eleazar ganz eindeutig nichts von ihrer Begegnung mit der dunkelhaarigen Frau in dem Windtornado wusste. Ein Blick zu Leox verriet ihr, dass das bei ihm nicht der Fall war. Er erinnerte sich nur zu genau an diese Frau, die er augenscheinlich auch kannte, wie sein Stirnrunzeln verriet, und scheinbar hatte er es den Vaçtmons nicht mitgeteilt.

„Mein Bruder Lovis“, sprach Eleazar weiter, „nutzt diesen

Effekt, um Neulinge mit Aufgaben zu betrauen, bei denen sie eigentlich Angst haben müssten oder wenigstens ein gesundes Maß an Misstrauen." Sie machte eine Pause.

„Warum erzählst Du mir das alles?", unterbrach Allegra sie.

Eleazar sah sie nachdenklich an. „Ich bin in vielen Dingen nicht einer Meinung mit meinem Bruder. Es ist kein Racheakt ihm gegenüber, eher ein Geradebiegen seiner Fehler. Ich halte es für moralisch falsch, Wesen durch ein Naturphänomen auszunutzen."

Allegra bemerkte, dass Eleazar die gleiche Angewohnheit hatte wie ihr Bruder, Dinge nicht auszusprechen mit der Absicht, dass sich ihr Gegenüber selbst etwas zusammenreimte. Dadurch gab sie einem das Gefühl, sie vermittle Informationen, obwohl sie dies nicht tat.

Also fragte Allegra ganz gezielt: „Du sagst Wesen nicht Menschen, was also bist du?"

Eleazar blinzelte. „Nun gut, ich bin es leid, dir das Wissen vorzuenthalten, das dir zusteht: Lovis und ich sind keinesfalls menschlich. Wir gehören zu einer vollkommen anderen Spezies, den Planetaren. Wir haben die Fähigkeit, uns unserem Gegenüber anzupassen, ihm ein Gefühl von Vertrautheit zu vermitteln und ihn so zu täuschen. Das Gleiche passiert auch mit unserer Sprache."

Allegra taxierte die zierliche Frau mit einem ungläubigen Blick. „Wie siehst du also wirklich aus?"

Eleazar wand sich mit deutlichem Unbehagen.

„Das ist in unserer Kultur eine sehr unhöfliche Frage, da unsere reine Erscheinungsform unsere persönlichsten Merkmale enthält. Aber das konntest du nicht wissen“, unterbrach sie Allegra, die schon zu einer Entschuldigung angesetzt hatte.

Nach kurzem Schweigen wechselte Allegra das Thema.

„Also, was ist nun der wahre Grund, warum ihr all das hier erkunden wollt?“

„Das ist eine komplizierte Geschichte, aber ich werde sie so kurz wie möglich erzählen“, sagte Eleazar leise.

„Es stimmt: Das hier ist nicht unser Land, es ist das einer anderen großen Spezies, die hier auf dem Planeten Äonia zu Hause ist. Er ist durch eine raumkrümmende Blase mit dem anderen Planeten in diesem Doppelsonnensystem verbunden. Im Gegensatz zu Äonia ist er aus dem Weltall sichtbar, dort seid ihr auch abgestürzt. Dieser Planet heißt Lumenus und ist der Heimatplanet von mir und meiner Spezies, den Planetaren. Auf Äonia ist eine andere Lebensform ansässig, von den Menschen abstammend und mit unglaublichen Fähigkeiten ausgestattet. Sie nennen sich die Magische Sphäre bzw. die Magier.

Eigentlich leben wir durch eine Symbiose friedlich zusammen: Die Planetaren liefern den Magiern einen Rohstoff von ihrem Planeten Lumenus, der deren Fähigkeiten erweckt. Im Gegenzug beschützen sie uns mit eben jenen Fähigkeiten vor den beiden Sonnen in unserem System, die ohne magische Hilfe aufeinander zurasen und so unseren

Planeten zerstören würden. Doch diese Symbiose war geheim, und nur unser Herrscher und die Anführer der Magier wussten davon, da die Vermischung der beiden Spezies vermieden werden sollte.

Die Bevölkerung von Lumenus wurde in dem Glauben gelassen, dass sie den Rohstoff für ein allmächtiges Gotteswesen abbauten, welches ihn als Nahrung benötigte und so mithilfe einer magischen Säule die Sonnen auf Abstand hielt.

Da nur ein Mann, unser Herrscher, die Wahrheit kannte, war er der Einzige, der dieses Amt innehaben konnte. Sonst hätte er jemanden zweites in die Lügen einweihen müssen. Das war ihm zu riskant.

Dass die Bevölkerung überhaupt davon erfuhr, verdanken wir einer einzigen Frau: Lux Diana. Sie ist die Tochter des alten Herrschers und beobachtete die dramatische Abgabe der jungen Dune Luctus. Lux erfuhr die wahren Umstände der Abgabe: Der Rohstoff wurde für die Magier genutzt und nicht für ein fiktives Gotteswesen.

Sie warnte Lovis und mich. Gemeinsam konnten wir die Intrigen des Herrschers entlarven. Nachdem dies geschah, traten die Magier mit uns in Kontakt. Sie drohten sich zurückzuziehen, sollte das planetare Volk von der Magischen Sphäre erfahren. So erzählten wir dem Volk, dass das Gotteswesen nicht existierte und die Säule eine große Maschine ist, die mit dem Rohstoff angetrieben wird.

Wir gründeten einen völlig neuen Staat, in dem Technokratie herrschte. Lovis und ich wurden an die Spitze der Organisation gewählt.

Doch die Planetaren erfuhren trotzdem von der Existenz der Magier, wollten diese kennenlernen und deren Fähigkeiten für sich nutzen. Die Magische Sphäre reagierte mit starker Abwehr.

Zur selben Zeit gab sich Lux Diana als eine Magierin aus und schloss sich ihnen an, um mehr Informationen zu erlangen. Ich bin mir nicht sicher, ob die Magier überhaupt ahnen, dass Lux sie ausgetrickst hat.

Wir sind nun hier, um zu verhandeln und einen friedlichen Kompromiss zu erreichen, der die Magier beruhigt, uns zufriedenstellt und die Sonnen dauerhaft auf Abstand hält. Um unkalkulierbare Risiken für uns zu vermeiden, wollen wir diese Verhandlungen auf ihrem Planeten führen. Bevor wir uns jedoch zu erkennen geben, brauchen wir ausreichende Ortskenntnisse.“

Für einen kurzen Moment war Allegra sprachlos. Schließlich stellte sie die erste Frage, die ihr in den Sinn kam:

„Denkst du, die Magier sind eher zu Kompromissen und Verhandlungen bereit, wenn die Planetaren zuvor ihren Planeten ausspioniert haben?“

„Sie werden nie etwas davon erfahren“, zerstreute Eleazar Allegras Bedenken. „Was deine Begleiterin angeht, glaube ich, dass die Magier sie überzeugen wollen, in unserem Konflikt zu verhandeln, als Außenstehende sozusagen.“

Allegra senkte den Kopf. „Sie wird nach mir suchen. Ich

kenne Gene gut genug, um zu wissen, dass sie alles daran setzen wird, mich zu finden ..."

„... und du wirst alles daran setzen, sie zu finden", beendete Eleazar Vaçtmon den Satz.

Allegra lächelte „Das ist wahr!" Ihr ganzer Körper spannte sich an. „Wirst du mir helfen?"

Eleazar biss die Zähne zusammen „Der einfachste Weg wäre, dich ebenfalls als Vermittlerin einzusetzen, doch ich bezweifle, dass Lovis dem zustimmen würde."

Allegras Augen blitzten. „Dann tu so, als würde ich den Sinn dahinter nicht verstehen, als hätte ich von alledem keine Ahnung, und dazu wirkt noch der Einfluss der Bucht!"

Ihre Stimme wurde immer aufgeregter. „Mach ihm den Vorteil deutlich, jemanden Außenstehendes mit dieser Aufgabe zu betrauen! Sag ihm, ich sei dazu bereit, wenn er mir dafür hilft, Gene zu finden, wie er es auch letztes Mal vorgeschlagen hat!" Ihre Stimme wurde leiser und brach schließlich ab.

Eleazar aber nickte langsam. „Das könnte funktionieren! Du musst es aber überzeugend ausstrahlen, damit er dir glaubt!"

Allegra war sich sicher, dass sie das hinbekommen würde. Eleazar löschte das Feuer, Allegra weckte Leox, der etwas abseits eingeschlafen war. Sie beschloss, ihn in alles einzuweihen, da sie sich nicht sicher war, wie viel er von den Umständen wusste, und er sonst das Schauspiel zerstören könnte.

Als die drei sich auf ihre ausgeruhten Vögel schwangen, war die neunte *unitas clara exolvuntur* bereits angebrochen. Diesmal kam Allegra der Flug länger und rätselhafter vor als beim letzten Mal, doch nun wusste sie, woran das lag.

Allegra hatte Angst, die Bucht könnte sie wieder in ihren Bann ziehen und sie alles vergessen lassen, sobald sie die Berge überquert hatten. Doch glücklicherweise hatte *Silentium* keinen Einfluss mehr auf sie.

Das wundersame Wesen blieb bei ihr, und Allegra dachte über einen Namen für ihren kleinen Gefährten nach. Nach kurzer Überlegung entschied sie sich für Yntea.[3]

Die sichtbare Sonne näherte sich schon langsam dem Horizont, als das Herrenhaus in Sicht kam.

Lovis Vaçtmon wartete bereits auf sie.

Er begrüßte seine Schwester mit einem stechenden Blick. Allegra und Leox ignorierte er. Schweigend bedeutete er ihnen, ihm zu folgen.

Sie liefen durch das Anwesen in den Besprechungsraum, in den Leox Allegra schon einmal geführt hatte. Mitten im Raum blieb Lovis stehen, drehte rasch sich um und taxierte seine Schwester.

Unbehaglich zog Allegra die Schultern hoch.

Irgendetwas stimmte hier nicht.

Lovis hob das Kinn und sagte forsch:

„Wir haben Informationen zu Captain Gene O'Leary er-

---

3 Yntea ist eine Abwandlung des lateinischen Namens für Wesen: Entia

halten. Ich hoffe, du kannst uns Genaueres zu der Tatsache sagen, dass sie eine Magierin ist, Allegra Saivor!"

Plötzlich stieg Yntea aus Allegras Halsbeuge empor und flog durch eines der Fenster davon. Fast als hätte Lovis' Anwesenheit das kleine Wesen aufgeschreckt.

In dem Moment wurde Allegra klar, dass diese Mission alles verändern würde: Ihre Welt, Genes Welt und ihr Verhältnis zueinander.

„Was?", keuchte sie.

Gene O'Leary

In der Bibliothek angekommen befahl Gene dem Boot, sie zu allen Eintragungen von Dune Maryness Luctus zu führen. Sie wollte herausfinden, ob Dune in irgendeiner Weise krank oder anderweitig beeinträchtigt war, und ob sie deswegen so früh die Abgabe leisten musste. Es kam Gene unwahrscheinlich vor, dass bereits Kinder ihre Magie opfern mussten.

Hatten Anführer wie Orly Angst gehabt, das Kind könnte sterben, bevor es seinen Teil beitragen konnte? Oder waren sie der Meinung, dass Dune Maryness Luctus ihre Magie sowieso würde abgeben müssen? Also warum nicht zu einem frühen Zeitpunkt?

All das waren reine Spekulationen. Gene brauchte konkrete Antworten, auch wenn sie sich noch immer nicht erklären konnte, warum sie das Schicksal dieses Mädchens so in seinen Bann zog.

Doch das Boot machte ihr Vorhaben sogleich zunichte: Es setzte sich nicht in Bewegung, auch nicht als sie ihren Wunsch noch einmal lauter wiederholte. Seufzend stieg Gene wieder aus. Vielleicht bekam sie anderswo Antworten, denn entweder enthielt die Bibliothek kein solches Werk oder Gene wurde der Zugriff auf diese Informationen verwehrt.

Aber warum?

Sie spürte immer deutlicher, dass hier etwas nicht stimmte. Dieser Eindruck verstärkte sich noch, als sie auch im Saal mit der Umgebungskarte keine Bücher oder weiteren Aufzeichnungen dazu fand. Sie musste außerhalb des Herrenhauses recherchieren.

Ein Magier erklärte ihr den Weg zu den Vogeldocks, wo Gene sich ein Reittier erhoffte.

Fast hätte sie allerdings ihr Vorhaben wieder vergessen, als sie die Docks erblickte: Sie ähnelten den antiken Bahnhöfen, die die Menschen vor Jahrhunderten in ihren Städten erbaut hatten, nur noch majestätischer. Natürlich gab es keine Züge, dafür eine Vielzahl großer bunter Vögel, die sich vor der verglasten Kuppel abzeichneten.

Etwas seltsam fand Gene allerdings, dass es keine Abgrenzung gab, die den Innenbereich der Docks von der Klippe trennte. Sich nach einem Vogel umschauend ließ sie ihren Blick schweifen: Die Halle wimmelte nur so von Magiern, die hektisch herumliefen oder sich auf Vögel schwangen. Der Wind fegte von der Klippe herein und ließ Gene frösteln.

Beinahe unbemerkt heftete sich ein kleines silbernes Wesen an ihre Fersen, welches durch heftiges Flügelschlagen auf sich aufmerksam machte. Ohne sich umzudrehen glitt Gene in den Schatten eines Futtercontainers und hockte sich hin. Das Wesen flog hinter ihr her und landete mit einem sanften Flügelschlag auf ihrer Hand.

Gene war sich nicht sicher, doch sie glaubte nicht, dass es Zufall war, dass dieses Wesen gerade jetzt zu ihr kam. Vielleicht sollte es Gene für jemanden beobachten? Traute Orly ihr so wenig, oder entstammte seine Anhänglichkeit bloß seiner Natur?

Gene betrachtete das Wesen genauer. Es gehörte zu keiner ihr bekannten Spezies. Plötzlich wurde sie aus ihren Gedanken gerissen, denn das Wesen begann eine Abfolge von Buchstaben herunter zu rattern, erst zusammenhangslos und dann immer flüssiger.

Gene begriff: Es wollte mit ihr kommunizieren!

Noch viel mehr als die Tatsache, dass es ihre Sprache beherrschte, schockierte sie, mit welcher Stimme es sprach. Eine ihr sehr bekannte Stimme: Allegra! Das Wesen erhob sich umgehend in die Luft und schwebte vor ihr. Ein hoher Ton wie zu Beginn einer Aufnahme erklang, und Allegras Stimme ertönte, nun vollkommen verständlich:

„Ich nenne Dich Yntea ...“

Ihre Stimme wurde durch einen harten Bariton abgelöst:

„... flieg schnell und bringe diese Kapitänin hierher ...“

Die Aufnahme brach abrupt ab. Gene konnte sich nicht rühren. Allegra war am Leben und wurde scheinbar von Personen festgehalten, die solche Wesen schickten, um Gene zu holen.

Sie wusste, dass sie gar nicht anders konnte, als zu versuchen, Allegra aufzuspüren, selbst wenn es sich als eine Falle herausstellen sollte.

Denn Gene war sich beinahe sicher, dass der Mann, dessen harte Stimme sie gehört hatte, irgendetwas mit Allegras Aufenthaltsort zu tun hatte.

Nur was? Gene wünschte sich, die bruchstückhafte Aufnahme noch einmal anhören zu können, doch so sehr sie es auch versuchte, sie konnte das Wesen Yntea nicht davon überzeugen, die Nachricht noch einmal zu wiederholen.

Immerhin wusste Gene nun, dass Allegra noch lebte und musste unwillkürlich lächeln, als sie an deren Angewohnheit dachte, allem und jedem einen Namen zu geben.

Yntea, der Namen war passend für dieses Wesen, von dem Gene sich noch nicht einmal sicher war, ob es überhaupt im herkömmlichen Sinne lebte. Keine natürliche Lebensform, der sie bisher begegnet war, konnte Texte aufnehmen oder sie abspielen.

Erneut wurde sie unterbrochen, als Yntea unerwartet zusammenschrumpfte, länger und fester wurde und sich schließlich vollkommen in ein metallenes Armband transformierte, welches sich sacht um Genes Handgelenk wand.

Sobald es seinen Platz gefunden hatte, projizierte es ein Hologramm. Dieses zeigte Genes derzeitigen Standort, einen Zielort sowie die schnellste Route dorthin, die Windstärke und die verfügbaren Transportmittel an. Der Weg war nur mit einem Flugvogel zu bewältigen, von denen es glücklicherweise in diesem Dock viele gab. Sie mietete sich einen solchen Vogel und ignorierte das Ziehen in der Magengegend, als der stattliche Vogel abhob und über die sich weit unter ihr erstreckende Stadt flog.

Es war ein seltsames Gefühl, ohne eine schützende Metallwand dem Boden so fern zu sein.

Als sie die Landschaft unter sich betrachtete, fiel Gene auf, dass sie noch nie auf einem Planeten gelebt hatte, den sie ihre Heimat nennen konnte. Sie hatte ein paar Jahre ihrer Kindheit auf Lucinda IV verbracht und einige Monate auf Ran-cet XXVIII gelebt. Aber dort hatte sie sich nie wirklich zu Hause gefühlt. Geboren war sie auf keinem dieser beiden Planeten. Ihr Geburtsort war ein Raumschiff, welches sich weit entfernt von irgendeiner menschlichen Kolonie befunden hatte. Ihre Eltern hatten sie so schnell wie möglich zur nächsten Sternenbasis gebracht, wo sie die ersten zehn Jahre glücklich zusammengelebt hatten. Das war eine Seltenheit in diesen Zeiten, da die meisten Eltern während der Kindheit ihres Nachwuchses entweder schon tot oder am anderen Ende des Universums waren. Gene lächelte bei der Erinnerung an ihre Eltern, die mittlerweile beide Admirale waren und gemeinsam die Kapitäne von Schiffen im All unterstützten.

Der Wind frischte auf, und Gene zog sich ihren Umhang fester um die Schultern, den sie zum Glück vor ihrem raschen Aufbruch mitgenommen hatte.

Mittlerweile war die Stadt einem dichten Mischwald gewichen, aus dem einige Felszacken ragten. In der Ferne erspähte Gene bereits Ausläufer der Berge, die auf der Holo-Karte eingezeichnet waren. Wieder einmal staunte sie über die Ähnlichkeit dieser Landschaft zur früheren Erde und wünschte sich, den Blauen Planeten einmal so zu sehen und zu erleben, wie er vor der Klimakrise und der kriegsbedingten Zerstörung gewesen war. Früher hatte sie sich oft gewünscht, in der Vergangenheit zu leben. Vieles aus dieser Zeit wie die Sprache und die Architektur faszinierte sie.

Um diese schweren Gedanken loszuwerden, überprüfte sie ihre Route und korrigierte den Kurs ein wenig in Richtung Berge, damit sie nicht zu weit abschwenkte.

Kopfschüttelnd konzentrierte sie sich nun auf das, was sie konkret vorhatte, um nicht wieder ins Grübeln zu geraten.

Für einen genauen Plan wusste Gene zu wenig über die Sachlage, doch ihr Ziel war klar: Allegra zu finden, zu helfen, wenn nötig zu befreien und dabei mehr über den mysteriösen Mann herauszufinden. Inzwischen war Gene der Gedanke gekommen, dass durchaus die Planetaren ihre Finger im Spiel haben könnten, doch warum? Was würde es ihnen nutzen, erst Allegra und nun auch sie bei sich zu haben? Wollten die Planetaren Orly erpressen?

Im Grunde waren Genes Überlegungen bloße Spekulationen und somit unbrauchbar. Sie ließ ihren Blick über die bereits sehr bergige Landschaft gleiten und hoffte, dass sie im geeigneten Moment einfach spüren würde, was das Richtige war.

Bevor es dunkel wurde, hatte der Vogel die Berge endlich

erreicht. Hier war es noch kälter, und Gene kauerte sich tief in das weiche Gefieder ihres Flugtieres. Die Landschaft, die im Dämmerlicht noch zu erkennen war, lag karg und unfreundlich vor ihr, und der Vogel wäre am liebsten umgekehrt, doch Gene zwang ihn weiterzufliegen. So fügte er sich widerwillig.

Die durchdringende Kälte machte sie schläfrig, und Gene musste wohl eingenickt sein, denn als sie ihre Augen wieder öffnete, hatte sie die Bergkette hinter sich gelassen, und es begann stark zu regnen. Ihr Umhang sog sich schon nach kurzer Zeit mit Wasser voll und hing ihr schwer und eiskalt den Rücken hinab. Der Regen lief ihr in die Augen und machte ihre Sicht verschwommen, sodass alles grau und trist wirkte.

Da der Vogel vom langen Flug erschöpft war, kamen sie nur langsam voran. Irgendwann löste sich Genes Umhang und fiel nach unten, viel tiefer als sie gedacht hatte: Sie war in einer Art Tal angekommen.

Bei dem Versuch, das Hologramm an ihrem Handgelenk aufzurufen, versagte Gene. Zudem machte der Regen die Entfaltung der Projektion unmöglich.

Plötzlich wurde es für einen kurzen Moment taghell.

Einige Meter von ihr entfernt zuckte ein gleißender Blitz durch den Regen. Gene trieb den Vogel zur Eile an, doch dieser hatte schon sein schnellstes Tempo erreicht und krächzte leise.

Yntea löste sich von Genes Handgelenk und nahm ihre

ursprüngliche Form an, nur um sich dann an Genes Halsbeuge zu verkriechen.

„Eine tolle Hilfe!", dachte Gene angespannt, als es direkt
über ihr donnerte. Der Lärm war ohrenbetäubend. Verzweifelt presste sie die Handballen gegen ihre Ohren, doch es
half nicht viel gegen das Tosen.

Schließlich passierte es: Ein weiterer Blitz schoss aus der
Wolkendecke und traf unvermittelt ihr panisches Reittier.

Der Vogel zuckte und erschlaffte. Sofort ging es mit rasen-
der Geschwindigkeit nach unten.

Die Elektrizität hatte Gene nun ebenfalls erfasst, doch der
Blitz hatte sich größtenteils in dem Vogel entladen, sodass
sich zwar ihre Haare aufstellten, sie aber nur noch einen
Bruchteil der elektrischen Ladung abbekam.

Doch das war noch immer zu viel für sie: Ihr Herz setzte
aus und sie bekam nicht mehr mit, wie ihr lebloser Körper auf einem Felsen aufschlug und von einer spitzen Zacke
durchbohrt wurde.

Gene O'Leary war tot.

9

Gene O'Leary

Es war dunkel, und Gene lag auf einem glatten Felsplateau.

Die Schwärze war so einnehmend, dass sie sie beinahe verschlang. Im ersten Moment verstand sie nicht, was passiert war. Daraufhin brach ein hohes, hysterisches, für sie völlig untypisches Lachen aus ihrer Brust.

Sie, Gene, war tot, aus über Tausenden Metern Höhe gefallen, von einem Blitz getroffen, aufgespießt auf einer Felszacke.

Warum atmete sie noch?

Aber ... tat sie das überhaupt?

Sie horchte in sich hinein und erschrak. Sie atmete nicht und verspürte tatsächlich auch keinen Drang dazu. Ebenso verhielt es sich mit ihren Augen: Sie blinzelten nicht mehr. Panisch tastete Gene ihren Körper ab. Alles schien normal zu sein: keine durchbohrte Brust, aus der Blut sprudelte, keine gebrochenen Knochen; aber ...

Sie spürte keinen Herzschlag. Desorientiert sprang sie auf, spürte nicht einmal den Schwindel, der sie sonst immer überkam, wenn sie zu schnell aufstand.

Gene rannte in die Dunkelheit.

Doch sie kam nicht sehr weit: Sie prallte gegen eine unsichtbare Wand. So blieb ihr nichts anderes übrig, als an ihrem Standort zu verharren und zu warten.

Kurz bevor Gene ihre Geduld vollständig verlor, verfestigte sich die Luft vor ihr, erst zu einem Schatten, dann zu einer wirklich erkennbaren Person:

Es war eine junge Frau mit welligen roten ihr bis zur Brust reichenden Haaren, strahlend heller Haut und rauchgrauen Augen. Von der Taille an abwärts waren ihre Umrisse verschwommen, ihre Füße nicht mehr sichtbar.

Als sie sprach, klang ihre Stimme klar und ernst:

„Mein Name ist Dune Maryness Luctus. Ich denke, du weißt, wer ich bin! Du hast ein reges Interesse an meiner Person gezeigt. Doch ich konnte dich nicht früher kontaktieren. Orly hält mich unter Verschluss. Sie verbietet mir, über die Umstände meiner magischen Abgabe zu sprechen, aber ich denke, du solltest es erfahren!"

Dune hielt kurz inne und ließ Gene Zeit, das Gesagte zu verarbeiten, bevor sie fortfuhr: „Was weißt du über die Bedingungen, in denen Magier ihre Magie erlangen?"

Gene war so perplex, dass sie automatisch antwortete: „Meines Erachtens braucht ein Mensch zunächst die Veranlagung, um überhaupt Magie wirken zu können. Dies zeigt sich durch überdurchschnittliche Intelligenz oder andere besonders ausgeprägte Talente. Final wird seine Magie durch den sogenannten Rohstoff ausgelöst, der ihn zu Dingen befähigt, die wir unter Magie kennen. Diesen speziellen Rohstoff können nur Planetaren auf Lumenus abbauen", gab Gene zusammenfassend in etwa das wieder, was Orly ihr erklärt hatte. Sie war von ihrer Situation so überfordert, dass sie zunächst keine weiteren Fragen stellen oder sich wundern konnte, wieso Dune sie überhaupt kannte.

„Richtig, grundsätzlich trifft das zu", bestätigte Dune die Erklärung. „Doch es scheint bei einigen Magiern anders zu sein, so wie bei mir und jetzt auch bei dir. Ich habe selbst nach acht Jahren Recherche weder herausgefunden, wen diese Ausnahmen betreffen und wodurch dieser Effekt ausgelöst wird, noch, ob es ein bestimmtes Schema gibt. Klar ist mir nur, dass es immer bei Personen auftritt, die nicht auf natürliche Weise *sterben*. Ich habe keine Ahnung, ob das bei vielen Personen passiert, oder ob wir beide die einzigen sind."

Dune verstummte nachdenklich, und Gene sah sie aufmerksam an, während sie fragte:

„In was für einem Zustand befinden wir uns gerade, und was ist genau bei dir passiert?"

„Es ist schwer, unseren Zustand konkret zu definieren, aber vielleicht verschafft uns meine Geschichte mehr Klarheit: Wie du weißt, musste ich die traditionelle Abgabe unserer Familie leisten", begann Dune leise. „Es war ein extrem windiger Tag, und ich war furchtbar aufgeregt. Meine Eltern hatten mich nach Lumenus begleitet, wo meine Magie in den Sicherheitskreislauf des Planeten eingeschleust werden sollte. Doch ich war nicht mächtig genug und der Wind erschwerte das Bündeln meiner Kräfte zusätzlich."

Dune verlor sich immer mehr in ihren Erinnerungen.

„Die Magie entzog sich meinem Körper, doch da meine genetischen Ressourcen nicht ausreichten, zapfte das System direkt meine Lebensenergie an. Ich starb.

Jedenfalls dachten das alle, auch ich selbst. Man brachte meinen Körper in die heiligen Hallen, in denen ich erwachte, ohne Atem und Herzschlag. Orly erwartete mich dort bereits. Ich weiß nicht, woher sie um meine Wiederauferstehung wusste. Sie wirkte sehr aufgebracht und wies mich an, niemandem etwas von meinem Zustand zu erzählen. Ich durfte keinem anvertrauen, dass ich in gewisser Weise noch lebte, nicht einmal meinen eigenen Eltern.

Ich verstand nicht warum, aber Orly beteuerte, das Schicksal der Magischen Sphäre hinge davon ab. Mehr erklärte sie mir nicht. Damals war ich zwölf Megazyklen alt und zutiefst verängstigt, also versprach ich zu schweigen. Orly ließ mich daraufhin an einen geheimen Ort in den Bergen bringen, den nur sie kannte. Ich erfuhr, dass mein Schlaf- und Nahrungsbedürfnis nun sehr viel niedriger war als das anderer Magier und lernte mit der Zeit mit meinem Zustand zu leben.

In regelmäßigen Abständen schickte Orly mir die wichtigsten Lebensmittel, Kleidung sowie Bücher, doch ich war oft einsam und sehnte mich nach meiner Familie.

Ich wurde trotz allem älter und mir fehlte zunehmend der soziale Kontakt zur Zivilisation, also versuchte ich mehr über meinen Zustand herauszufinden: Ich konnte mich in einer Art Zwischenwelt aufhalten und fortbewegen. Distanzen spielten keine Rolle mehr. Da ich mich niemandem zeigen durfte, entwickelte ich eine Strategie, wie ich unauffällig die wichtigsten Dinge aus der Magischen Sphäre erfahren konnte. Ich hörte von deiner Ankunft.

Einige Zeit später wurde ich durch eine Art Sog in der Zwischenwelt genau hierher geführt, zu dir. Ich fand dich in einem mir ähnlichen Zustand und wusste instinktiv, dass unsere Schicksale auf magische Art verbunden sind."

Gene spürte ebenfalls eine tiefe Verbundenheit zu dieser unbekannten Frau.

„Es muss einen Zusammenhang zwischen dir und mir geben! Die Frage ist nur, welcher?"

Dune nickte in sich gekehrt.

Mehr zu sich selbst sagte Gene: „Also befinde ich mich gerade in dieser Zwischenwelt. Wenn wir davon ausgehen, dass du vor deinem Erwachen auch hier warst, wie bist du hinausgekommen? Erinnerst du dich an irgendetwas?"

Dune dachte an den Moment zurück: „Ich weiß nur noch, dass ich auf keinen Fall sterben wollte! Doch es dauerte eine Weile, bis ich die Zwischenwelt verließ. Ich bin mir nicht sicher, was dafür ausschlaggebend war."

Nachdenklich erwiderte Gene: „Vielleicht muss ich es laut aussprechen!" Sie öffnete bereits ihren Mund, doch Dune unterbrach sie.

„Wir haben keinerlei Erfahrungen, was deinen Fall anbelangt. Es könnte für dich gefährliche Nebenwirkungen haben, die Zwischenwelt zu verlassen. Das Risiko ist unkalkulierbar. Das hier, was du von mir siehst, ist eine bloße Projektion meiner selbst in der Zwischenwelt. Eigentlich befinde ich mich neben deinem zunehmend kälter werdenden Körper auf einem unangenehm windigen Felsplateau, ganz ähnlich diesem hier."

Gene taxierte sie. „Ich kann nicht für immer hierbleiben, ich muss es versuchen. Mehr als dabei vollends zu sterben kann ich nicht", sagte sie entschlossen.

Dune senkte den Blick. „Es ist deine Entscheidung!" Mit diesen Worten löste sie sich auf die gleiche mysteriöse Weise auf, wie sie gekommen war.

Gene lauschte noch für einen kurzen Moment in die nun alles umfassende Stille hinein.

„Ich möchte nicht sterben!", krächzte sie.

Sobald das letzte Wort ihre Lippen verließ, kippte die Welt und für einen kurzen Augenblick befand Gene sich in einer Art Schwebezustand. Unerwartet durchbrach ein Windhauch diese Ruhe. Mit ihm kamen die Kälte und der Schmerz.

Gene hätte davon nicht überrascht sein sollen, sie war immerhin von einem Felsen aufgespießt worden. Doch die Qualen kamen so unerwartet, dass sie ihr Leid laut herausschrie. Sofort zog Hitze wellenartig durch ihren Brustkorb und linderte den Schmerz rasch.

Mühsam schob Gene sich von der Felszacke und lag erschöpft auf dem Plateau. Nach einiger Zeit traute sie sich, ihren Körper zu begutachten. Der Anblick war verstörend: Dort, wo sie auf den Felsen aufgekommen war, bedeckte Blut ihren ganzen Oberkörper. Der Stoff ihrer Kleidung war zum größten Teil versengt und zerrissen. Glücklicherweise trug sie unter der hier üblichen Kleidung noch ihre Uniform. Diese sah zwar nicht viel besser aus, doch der Hersteller hatte mit seinem Versprechen, dass sie sich „von selbst heilte", nicht gelogen. Zudem waren ihre Wunden vollkommen verschwunden.

Allerdings überraschte es Gene sehr, dass sie noch immer nicht atmen musste und keinen Herzschlag spürte.

Neben ihr hockte eine angespannt wirkende Dune, die von der Kälte nichts zu spüren schien. Tatsächlich waren die eisigen Temperaturen für Gene ebenfalls nicht mehr wahrnehmbar, wie sie in diesem Moment bemerkte.

Auf Genes Frage hin, warum ihr Körper all diese Defizite aufwies, schenkte Dune ihr nur ein mitfühlendes Lächeln.

„Du gewöhnst dich daran, ich habe es auch getan!", sagte sie ohne zu atmen.

„Ich bin also untot?", flüsterte Gene ungläubig.

Dune unterdrückte ein Lachen. „Nun ja, wir sind im wahrsten Sinne des Wortes von den Toten auferstanden."

„Aber wir können noch immer sterben", murmelte Gene.

Es war keine Frage.

Dune zuckte nur mit den Schultern.

„Magie ist nicht perfekt."

Gene nickte und wusste bereits, dass sie sich damit abgefunden hatte.

„Was hast du nun vor?“, fragte Dune vorsichtig.

Gene zögerte kurz, entschied sich jedoch, dass Dune es verdient hatte, den Grund für ihren derzeitigen Aufenthaltsort zu erfahren:

„Ich bin auf der Suche nach meiner verschwundenen Kommandantin Allegra Saivor. Wir befanden uns nach der unvorhergesehenen Explosion unseres Raumschiffes gemeinsam in einem Rettungsshuttle und irrten durch diesen Quadranten. Nach dem von Orly verursachten Absturz unseres Shuttles auf Lumenus wurden wir durch unglückliche Umstände getrennt. Jetzt habe ich einen Hinweis auf Allegras möglichen Aufenthaltsort erhalten und versuche, sie zu finden.“

Nachdem Gene geendet hatte, holte Dune vorsichtig eine kleine Metallkugel aus ihrer Umhangtasche:

„Dieses Wesen habe ich bei meiner Ankunft ganz in deiner Nähe gefunden. Sobald es mich sah, verwandelte es sich in das hier.“ Offensichtlich irritiert übergab Dune die Kugel an Gene. Sobald das runde Metall Genes seltsamerweise heiße Handfläche berührt hatte, regte es sich.

„Yntea!“, stieß Gene unendlich erleichtert hervor.

Das kleine Wesen erhob sich freudig vor ihr in die Luft, nur um sich gleich wieder in ein Armband zu verwandeln und sich um Genes Handgelenk zu legen. Diese beugte sich vor, um das nun wieder funktionstüchtige Hologramm zu betrachten. „Ich bin nur ein paar Kilometer von meiner ursprünglichen Route entfernt.“

„Ich komme mit dir“, verkündete Dune. Sie blickte über Genes Schulter und musterte die Hologramm-Karte.

„Seltsam! Die Magierkarten, die ich kenne, sehen anders aus. Laut deren Aufzeichnungen ist hier keine Bucht, sondern nur unerforschtes Hochland. Mein Vater Leox wollte dort nach seltenen Mineralien forschen, galt bald darauf als verschollen und wurde dann von meiner Mutter Beverly bei den Planetaren mit einer Fremden, wahrscheinlich deiner Kollegin, gesehen.“

Gene starrte Dune fassungslos an.

Wieso hatte sie selbst die ganze Zeit gezweifelt, dass Allegra bei den Planetaren war? Beverly hatte es ihr doch erzählt.

„Es ist gefährlich!“, warnte Gene, doch sie konnte verstehen, warum Dune sie begleiten musste. Nur gemeinsam hatten sie die Möglichkeit, mehr über ihren besonderen Zustand herauszufinden, zumal offensichtlich auch Dunes Eltern bei den Planetaren zu finden waren.

Schließlich lenkte Gene ein.

„Also gut! Du wärst mir eine große Hilfe!“

Dune lächelte hoffnungsvoll und führte Gene direkt zu einem schillernden Vogel. Voller Erleichterung erkannte Gene ihr etwas derangiertes, jedoch unverletztes Flugtier.

Wenige Augenblicke später waren sie in der Luft. Gene saß sicher hinter Dune und überprüfte mit Ynteas Projektion ihre Route. Es war ein komisches Gefühl, das Tal ohne den Sturm, der mittlerweile weitergezogen war, zu sehen.

Die felsigen Berge flachten hier zu grünen Hügeln und
Dünen ab bis hin zu einem Sandstrand, an dem türkise Wellen ans Ufer schwappten. Das Sonnenlicht flutete die Landschaft dieser fantastischen Bucht und reflektierte in den
Fensterscheiben eines großen Gebäudes, welches majestätisch über dem Strand aufragte.

Erst hier in dieser friedlichen Umgebung kam Gene zur
Ruhe und erkannte, dass sie nun unwiderruflich eine Magierin war.

Das brachte ganz neue Fragen mit sich:

Welche Art von Magie würde sie beherrschen können?

Wie würde Allegra auf sie reagieren?

10

Allegra Saivor

Nach Lovis' ungeheuerlicher Offenbarung über Genes Zugehörigkeit zu den Magiern war Allegra zu geschockt, um irgendetwas zu tun, geschweige denn zu protestieren, als er sie grob auf einen Stuhl drückte.

Leox wollte sich neben sie stellen, wurde aber aufgehalten und lehnte sich angespannt gegen die Wand. Erst jetzt fiel Allegra auf, dass der weitläufige Raum bis auf ihren Stuhl komplett leer war.

Anscheinend hatte Lovis dafür gesorgt, dass ihr dieser Ort so unfreundlich wie möglich vorkam.

„Nun, wie mir scheint, weißt du nichts von diesem Umstand. Wie bedauerlich!" Er sah ihr mit falschem Mitgefühl in die Augen. Alle Freundlichkeit war aus seinen Zügen verschwunden. „Warum seid ihr hier?", forderte er Allegra erneut auf, sich zu äußern.

Diese presste entschlossen die Lippen aufeinander.

„Ich weiß es nicht!"

Lovis skeptischer Blick traf sie. Er glaubte ihr nicht.

War Gene wirklich eine Magierin?

Und woher wusste Lovis davon?

Wer hatte ihm diese Information gegeben?

Allegra ermahnte sich, nicht mit all ihren Fragen herauszuplatzen, um Lovis in dem Glauben zu lassen, sie stünde noch unter dem vernebelnden Einfluss der Bucht.

Eleazar trat neben ihren Bruder und legte ihm behutsam eine Hand auf die Schulter. Leise sprach sie auf ihn ein, bis er sich etwas beruhigte.

Trotz ihrer tiefgreifenden Angst war Allegra verwirrt. Was hatte Lovis dazu gebracht, so gefühllos zu werden, dass er den Versuch aufgab, seine Ziele durch, wenn auch nur gespielte Freundlichkeit zu erreichen?

Plötzlich quälte Allegra die Frage, was Lovis antrieb mehr als alles andere. Was war sein konkretes Ziel? Wie weit würde er gehen, um es zu erreichen, und was hatte das mit Gene und ihr zu tun? Doch Allegra wusste, dass sie geduldig sein musste. Vielleicht konnte sie aus Lovis' Fragen heraushören, was er von ihnen wollte, und vor allem, wie viel er schon wusste.

In diesem Moment flog die Tür des Saals auf und zwei Männer in karmesinroten Uniformen stürmten herein. Einer blieb an der Tür stehen, sein Begleiter ging mit raschen Schritten zu Lovis und teilte ihm leise etwas mit.

In Lovis' Augen blitzte kurz Triumph auf, als er sich umdrehte. Er lächelte kryptisch.

„So überraschend es auch ist, Gene O'Leary hat soeben in Begleitung einer uns unbekannten Frau dieses Anwesen betreten!"

Allegra schluckte hart. Gene war hier! Einerseits war ihre

Anwesenheit und Führungsqualität genau das, was Allegra sich wünschte, andererseits brachte sich ihre Kapitänin so unnötig in Gefahr. Gene war jetzt eine Magierin. Es war unmöglich einzuschätzen, was das mit Allegra machte.

Viel Zeit, die Situation neu zu bewerten, hatte Allegra jedoch nicht. Erneut öffnete sich die Tür, und Gene betrat beinahe lautlos die Halle, gefolgt von einer rothaarigen Frau, die sich unsicher im Raum umsah. Als sie Leox erblickte, weiteten sich ihre Augen. Leox schien sie ebenfalls zu erkennen, war jedoch außerstande, etwas zu sagen.

Gene taxierte kurz die anderen Anwesenden im Raum, dann glitt ihr Blick zu Allegra. Diese senkte den Kopf, blinzelte vorsichtig durch ihre Wimpern und stellte erleichtert fest, dass ihre Allergie bei geringem Sichtkontakt nicht so stark ausgeprägt war, als wenn sie die Person direkt anblickte.

Die Haare versteckten den Großteil von Genes Gesicht, doch ihre Kapitänin war offensichtlich froh, sie unbeschadet zu sehen.

Wie hatte sie es nur hierher geschafft?

Erleichtert registrierte Allegra, dass Gene trotz blutiger Kleidung unverletzt schien, auch wenn ihre wachsame Haltung Anspannung verriet.

„Allegra!", entfuhr es ihrer Kapitänin und sie machte einen Schritt auf sie zu.

Heftiger Schwindel erfasste Allegra und Leox eilte zu ihr, um ihr beizustehen. Sie zuckte zusammen: Aus nächster

Nähe waren Genes Gesichtszüge unwirklich verzerrt, ihre Haltung bedrohlich und sie strahlte eine Feindseligkeit aus, die Allegra schaudern ließ.

Was war mit der Gene O'Leary passiert, die sie kannte?

Urplötzlich brannte Hitze in Allegras ganzem Körper, und sie keuchte unbewusst vor Abneigung und Schmerz auf.

„Feuer!" Ein einziges Wort, das ihre Lippen verließ, so leise, dass niemand anderes im Raum es hörte. Instinktiv wusste Allegra nun, dass Gene Feuermagie besaß.

Diese wich mit unergründlichem Gesicht zurück.

„Es tut mir leid!", sagte sie leise und seltsam distanziert, so als müsste sie ihre Gefühle unterdrücken.

Allegra setzte gerade zu einer Antwort an, als Lovis, der das Schauspiel mit zunehmendem Missfallen verfolgt hatte, vortrat:

„Zu rührend!", zischte er, „aber dieses emotionale Gehabe wird nun wohl ein Ende haben müssen."

Unbeeindruckt von Genes beängstigender Erscheinung durchbohrte er sie förmlich mit seinen Blicken. „Ms. O'Leary!", mehr sagte er nicht. Nach kurzem Schweigen fuhr er jedoch fort: „Vielleicht können Sie die Wissenslücken ihrer Kommandantin füllen? Weshalb sind Sie hier? Da ich davon unterrichtet wurde, dass Sie sich bei den Magiern aufhielten, weiß ich, dass Sie die für mich notwendigen Informationen besitzen."

Er klang höflicher, als Allegra erwartet hätte. Trotz der Verwandlung war Allegra gespannt, wie Gene antworten würde. War sie sich der potenziellen Bedrohung durch Lovis Vaçtmon bewusst? Wie weit war sie über die drängenden Probleme dieser Planeten und ihrer Bewohner informiert?

Gene lächelte förmlich. „Ich weiß, dass Sie diese Informationen benötigen und möchte Ihnen in keiner Weise im Weg stehen, doch ich denke, meine Kommandantin hatte einen guten Grund sie Ihnen vorzuenthalten."

Ihre Aussage konnte genauso gut eine Frage sein, was Genes Bemühen, diese Situation einzuschätzen sehr offensichtlich machte.

Allegras Misstrauen schmälerte das nicht, doch sie war erleichtert, dass sich an der diplomatischen Verhaltensweise ihrer Kapitänin nichts geändert hatte.

Lovis' Blick war prüfend, als er Gene antwortete: „Ihre Kommandantin hat nicht das Recht etwas in dieser Weise einzuschätzen. Ich hatte die Hoffnung, dass Sie sich ein wenig kooperativer zeigen würden."

Mit einer kleinen Handbewegung zog er einen cerematischen Phaser[4] hervor und richtete diesen erst auf Gene, dann auf Allegra und ließ ihn schließlich vor Leox Brust stoppen.

Allegra war schockiert, wie schnell Lovis zu solch drastischen Mitteln griff.

---

4 Diese äußerst gefährliche Waffe ist in der Lage, innerhalb kürzester Zeit schwere bis tödliche Verletzungen zu verursachen. Sie ist sowohl bei den Planetaren als auch bei den Menschen bekannt, und aufgrund ihrer Zerstörungskraft seit langem verboten.

Es musste um etwas viel Größeres gehen, als sie befürchtet hatte.

Auch Gene rang kurz um Fassung, konzentrierte sich dann aber auf ihre rothaarige Begleitung.

Diese war zusammengezuckt, als Lovis die Waffe gezogen hatte und sah nun unentschlossen zwischen Lovis und Leox hin und her.

Es war offensichtlich, dass sie versuchte abzuwägen, wie lange Lovis brauchen würde, um abzudrücken. Doch Gene packte sie geistesgegenwärtig an der Schulter und verhinderte so, dass die junge Frau sich auf Lovis stürzte.

Allegra biss sich auf die Lippe: Warum war der Frau Leox' Schicksal so wichtig, dass sie riskierte, in Lovis Schusslinie zu geraten?

Gene beugte sich zu ihrer Begleiterin und flüsterte ihr etwas ins Ohr. Leox konnte den Blick ganz offenbar nicht von der jungen Frau abwenden. Es war, als würde sie ihn hypnotisieren. Ein Wettstreit zwischen Erkennen, Unglaube, Freude und Angst spiegelte sich auf seinem Gesicht wider und ließ ihn Lovis' Bedrohung vergessen.

„Dune?!", seine Stimme schwankte. Er war blass und zitterte leicht.

Allegra fragte sich, woher er die junge Frau kannte, als diese den Kopf hob und Leox mit Tränen in den Augen ansah.

„Papa!"

Auch Leox schien vollkommen überwältigt, seine Tochter

zu sehen, als Lovis die rührende Situation auf brutale Weise unterbrach. Er wirbelte herum und drückte ab. Der Schuss fegte durch das Zimmer, und Allegra hatte nur Sekunden, um zu begreifen, dass Lovis auf sie zielte. Reflexartig duckte sie sich und wurde so knapp verfehlt. Doch Lovis beließ es nicht dabei und zeigte mit dem Phaser unverändert auf Allegra.

Genes Stimme zitterte kaum merklich, als sie sagte:

„Lassen Sie das!"

Eine gefährliche Ruhe erfasste den Raum. Allegra senkte den Blick, zwang sich ruhig zu bleiben und ihren Körper nicht zu bewegen. Gene trat einen Schritt vor und brachte ein Rauschen in Allegras verschwommene Gedanken, das alles übertönte. Sie schloss die Augen und war so in sich selbst gefangen, dass das Erste, was Allegra hörte, sie überraschte: Genes Stimme, unverändert fest und doch war der Inhalt ihrer Worte nachgebend:

„Wir wurden von Orly Bletherwhite gerufen, um in ihrem Konflikt mit euch als neutrale Außenstehende zu vermitteln. Ich muss zugeben, dass mein Standpunkt etwas von seiner Neutralität verloren hat und der meiner Kommandantin sicher auch, doch ..."

Allegra riss in dem Moment die Augen auf, als die Tür abermals aufgestoßen wurde. Mit schnellen Schritten rannte die dunkelhaarige Frau in die Mitte des Raumes. Allegra erkannte in ihr die Magierin aus dem Sturm in der Kapsel. Deren Stimme überschlug sich fast, als sie rief:

„Code AI20328, unbekanntes Flugobjekt im Orbit von Lumenus gesichtet! Im elften unitas clara exolvuntur wurden drei Telumphotonen-Salven abgefeuert. Standpunkt 3.17, Stadt: Calatis!“

Eleazar reagierte sofort: „Ein Artes-Shuttle bereitmachen!“ Sie beugte sich über die portable Konsole der Frau und überlegte kurz. „Abflug im ersten unitas tenebris exolvuntur! Geben Sie augenblicklich den Befehl, Calatis zu evakuieren, und nehmen Sie die nötigen Veränderungen am Raum-Zeit-Kontinuum vor! Freigabe Eleazar Vaçtmon, Alpha Omega!“

Die dunkelhaarige Frau nickte und wollte schon den Raum verlassen, als ihr Blick auf die anderen Anwesenden und damit auf Dune fiel. Sie stutzte, blinzelte und trat einen Schritt auf Dune zu.

Diese strich sich die Haare aus dem Gesicht, lächelte hoffnungsvoll und setzte an, etwas zu sagen, doch die Frau aus dem Sturm schüttelte nur verstört den Kopf und eilte davon, um die notwendigen Befehle zu delegieren.

„Ich muss sie verwechselt haben“, murmelte sie leise, „doch für einen kurzen Moment hat sie mich an ...“

Lovis, der nichts von der rätselhaften Begegnung bemerkt hatte, sah Eleazar abschätzend an:

„Was willst du von hier ausrichten? Ein Artes-Shuttle reicht nicht, um alle zu transportieren.“ Er verließ zügig den Raum, und die rothaarige Frau, die Gene begleitet hatte, beeilte sich ihm Platz zu machen. Eleazar stand steif da, dann wirbelte sie zu Gene und Allegra herum:

„Lovis möchte offensichtlich, dass ihr mitkommt. Doch das würde euch in Angelegenheiten hineinziehen, mit denen ihr nichts zu tun habt. Folgt mir, ich versuche euch hier herauszuhelfen!"

Irritiert, dass sich niemand rührte, drehte sich Eleazar wieder zu ihnen um.

Gene erwiderte ihren Blick. „Wir stecken bereits viel zu tief in euren Angelegenheiten. Außerdem seid ihr unterlegen. Vielleicht kann ich irgendetwas für euch tun. Meine Kommandantin kann natürlich für sich entscheiden."

Ihr Blick huschte fragend zu Allegra, die diesem auswich. Gene musste erneut ihre Konzentration auf Eleazar richten, da diese sie fragend anblickte:

„Wie kommst du zu der Annahme, wir wären unterlegen?"

Gene konterte direkt. „Ihr seid euch nicht sicher, ob ihr mit eurer Technik die Magier in einem Kampf besiegen könnt. Wie stehen da die Chancen, gegen ein Volk zu kämpfen, das euch unbekannt ist, aus dem Weltraum kommt, Telumphotonen besitzt und offensichtlich nicht viel zu verlieren hat?"

Leise, aber mit Nachdruck fuhr Gene fort: „Es ist weder mit den moralischen Prinzipien der sternreisenden Menschen noch mit meinen persönlichen Grundsätzen vereinbar, ein bedrohtes Volk wissentlich im Stich zu lassen.

Bitte berichtige mich, wenn ich euren Standpunkt falsch eingeschätzt habe, da meine Vermutungen nur auf Spekulationen beruhen, jedoch würde ich dennoch bleiben. Ich habe einen Auftrag zu erledigen.“

Allegra hob den Kopf. So furchteinflößend ihr Gene auch vorkam, hatte sie absolut recht.

Sollte die Situation nur annähernd so ausweglos sein, wie Gene sie darstellte ...

„Ich bleibe ebenfalls!“, sagte Allegra energisch, da Eleazar sich noch immer nicht zu Genes Einschätzung der Situation geäußert hatte.

Schwankend stand Allegra auf und stellte sich trotz aufkommender Übelkeit entschlossen hinter Gene.

11

Gene O'Leary

Es war reine Vermutung gewesen, wie es um Lumenus stand, doch offenbar war Genes Aussage zutreffend. Das irritierte sie noch immer: Besaßen die Planetaren so wenig Macht oder waren sie so sehr von den Magiern abhängig, dass sie sie nicht angriffen?

Steckte mehr hinter der Aussage der Planetaren, von den Magiern partizipieren zu wollen?

War das wirklich der Wunsch aller Planetaren oder nur der von Lovis und Eleazar Vaçtmon?

Jedoch war Eleazar scheinbar nicht immer von den Entscheidungen ihres Bruders begeistert.

Schließlich war da noch die Sache mit Allegra. Ihre Kommandantin hatte abweisend auf sie reagiert und sich in ihrer Nähe offensichtlich unwohl gefühlt. Doch jetzt stand sie hinter ihr, näher als zuvor. Verbesserte sich Allegras Zustand vielleicht? Gene hoffte es inständig.

Eleazar seufzte. „Gut, dann kommt ihr beide mit. Ihr könntet wirklich eine große Hilfe sein, vor allem du, Gene!"

Sie wandte sich an Dune. „Schließt du dich uns ebenfalls an?" Dunes Blick glitt erst zu Gene, nachfolgend zu Leox, der schweigend zugehört hatte. Sie nickte.

Eleazar sah auf die Konsole, welche Beverly ihr gegeben hatte, und es gruben sich tiefe Furchen in ihre Stirn.

„Wir haben nur noch eine Viertel unitas, bis das Shuttle startet, welches Lovis aufgetrieben hat. Es wird uns durch das magische Portal direkt nach Lumenus bringen. Von dort fliegen wir weiter nach Calatis, der Hauptstadt unseres Planeten. Unser Handeln wird sich an die Situation vor Ort anpassen müssen.“

Für einen kurzen Moment schwiegen alle. Unvermittelt fiel Gene etwas ein: „Bitte entschuldigt mich kurz!“, murmelte sie, entfernte sich etwas von der Gruppe und aktivierte ihren Kommunikationskanal mit Orly.

„Gene, wo sind Sie?“, schallte ihr sogleich die herrisch klingende Stimme Orlys entgegen.

Gene erläuterte ihr in wenigen Sätzen die aktuelle Sachlage. Orly klang nicht begeistert, doch Gene ließ ihr keine Zeit für mögliche Einwände. „Ich weiß, dass ich von Ihnen keine Hilfe erwarten kann, dennoch bitte ich Sie um Unterstützung. Die Planetaren sind unterlegen und ...“ Gene brach ab, da sie wusste, dass sie Orly nicht die Notwendigkeit der Planetaren für die Magier erklären musste.

Diese erwiderte nur: „Das können Sie wirklich nicht erwarten!“ Nach einer kurzen Pause fügte sie allerdings hinzu: „Ich werde euch eine kleine Gruppe von Magiern zur Verfügung stellen. Sie erwarten euch am Portal. Sobald ihr Lumenus betreten habt, trennen wir die Blase bis auf weiteres von dem Planeten ab. Wir wollen nicht mit den Planetaren in Verbindung gebracht und so Ziel eines Angriffs werden." Ohne Genes Erwiderung abzuwarten, beendete Orly die Verbindung.

Gene schüttelte den Kopf. Einerseits konnte sie Orlys Wunsch nach Sicherheit für ihr Volk anerkennen, andererseits verstand Gene nicht, wie man so blind sein konnte. Würde Orly jetzt bereit sein zu helfen, hätte sie eine bessere Verhandlungsbasis mit den Planetaren, und der Konflikt könnte vielleicht einfacher beigelegt werden. Trotzdem war Gene froh, dass sie zusätzlichen magischen Beistand erhielten.

Gene brachte Allegra, Dune und Eleazar so schnell es ging auf den neuesten Stand. Letztere schien überrascht, dass die Magier ihnen überhaupt halfen. Dune dagegen ereiferte sich über Orlys Sparsamkeit, was die Unterstützung betraf.

Allegra war tief in Gedanken versunken, und Gene vermutete, dass ihre Kommandantin über die gleichen diplomatischen Vor- und Nachteile nachsann wie sie selbst.

Eleazar sah besorgt auf ihre Konsole. „Noch vier Macrozeiteinheiten, bis das Shuttle abfliegt, Beeilung!"

Sie drängte alle zur Eile und so erreichte ihre kleine Gruppe das Shuttle noch rechtzeitig.

Es war ein vollkommen aus Glas bestehendes Oval mit Titanium-Antrieben und bot Platz für neun Personen. Zusätzlich besaß es eine ausgeklügelte Tarnvorrichtung, die das Sonnenlicht einfing und in Solartenium umwandelte, welches das Shuttle unsichtbar machen konnte. Beeindruckt strich Gene über die hochmodernen Steuerungskonsolen im Innern des Shuttles. Lovis wies ihnen ungeduldig ihre Plätze zu, noch immer in dem Glauben, sie seien seine unfreiwilligen Gäste. Einen Augenblick später waren sie in der Luft.

Gene konzentrierte sich ganz auf die Technik des Shuttles. Die Start- und Antriebssequenzen waren ihr bekannt, jedoch stellten sie die gerade aktivierte Tarnvorrichtung sowie die außergewöhnlichen Beschleunigungsprozesse vor ein Rätsel.

Da sie keine Chance hatte, Eleazar oder Lovis, die in ein intensives Gespräch vertieft waren, danach zu fragen, beließ Gene es dabei und betrachtete die Anwesenden: Allegra war nicht mehr in die Landschaft vertieft. Sie hatte die Augen geschlossen und war noch immer sehr blass. Es tat ihr offenbar nicht gut, mit zwei erweckten Magiern auf so engem Raum zusammen zu sein.

Leox starrte Dune noch immer an, als hätte er sich ihre Anwesenheit nur eingebildet, und sie würde jeden Moment wieder verschwinden. Dune konnte den Blick nicht von Beverly abwenden, war jedoch unfähig, etwas zu sagen. Ihrer Mutter nach all den Megazyklen so nahe zu sein warf sie offensichtlich aus der Bahn. Beverly bemerkte nach einiger Zeit ihren Blick und wandte sich ihr bedauernd zu:

„Bitte entschuldige meine Verwirrung vorhin. Du hast mich nur an jemanden erinnert." Sie brach ab und betrachtete Dune erneut eingehend.

„Jetzt schon wieder. Es ist fast, als säße meine verstorbene Tochter vor mir."

Dune schluckte, und Gene verstand, wie schwer es für sie sein musste, ihrer Mutter gegenüber zu sitzen in dem Wissen, dass diese sie nicht erkannte.

Behutsam setzte Dune an: „Und was ist, wenn deine Tochter gar nicht tot ist?" Leox löste sich aus seiner Erstarrung und sah die beiden voller Emotionen in den Augen an.

„Es ist wahr, Beverly, sie ist es. Ich weiß nicht, wie das möglich ist, aber ..."

Nun war es an Beverly zu weinen. „Dune!"

Mit einem Mal schienen alle Zweifel ausgeräumt, so als habe Beverly unterbewusst bereits geahnt, dass ihr Instinkt sie nicht trüge. Mutter und Tochter fielen sich lachend und weinend zugleich in die Arme, überwältigt von ihrem Wiedersehen. Leox lächelte glücklich, und Gene genoss kurz diesen durch und durch friedlichen Anblick, dann schloss sie die Augen und ließ sich in den Sitz sinken. Das Shuttle schwankte nicht und bot so die perfekte Gelegenheit, sich auszuruhen.

Gene spürte in sich hinein und war überrascht, wie anders sie sich nach der Erweckung fühlte: Eine Kraft, die sie nicht benennen konnte, durchzog ihren ganzen Körper, etwas Starkes und Unbekanntes. Immer wenn Gene seither über etwas sehr intensiv nachdachte oder angespannt war, drohte diese aufflammende Energie sie zu übermannen. Doch ein unbewusster Impuls drängte jene Dynamik wieder zurück.

Darüber hinaus hatte Gene sich an ihren physischen Zustand noch lange nicht gewöhnt. Es war, als würde ihr Gehirn noch immer denken, sie bräuchte Luft, nur um dann festzustellen, dass das nicht der Fall war. Seltsamerweise fühlte Gene sich trotz all der Veränderungen nicht unwohl oder untot. Es war, als wäre dieser Teil schon immer in ihr gewesen und hatte nur darauf gewartet, erweckt zu werden.

Zudem hatte ihre Verwandlung auch Vorteile, da sie weder fror noch schwitzte und nur den angenehmen Teil extremer Temperaturen empfing.

Plötzlich zogen verschwommene Bilder vor ihrem inneren Auge auf: Feuer, Hitze und Schreie umgaben sie. Es war unmöglich jedes der überwältigenden Details zu lokalisieren, also versuchte Gene sich auf die Dinge und Stimmen zu konzentrieren, die sie kannte.

Sie hörte Allegras leise erstickte Stimme: „Feuer!" Sie nahm außerdem Lovis verärgerten Tonfall wahr, als er sprach und erkannte ihn aus Ynteas Aufnahme wieder, nur mit anderem Inhalt:

„Wir haben Informationen zu Captain Gene O'Leary erhalten. Ich hoffe, du kannst uns Genaueres zu der Tatsache sagen, dass sie eine Magierin ist, Allegra Saivor!"

Die optischen Eindrücke folgten so schnell aufeinander, dass Gene sie nur als undeutliche Farben wahrnahm.

Alles wurde unglaublich intensiv, als eine klare Stimme sie unterbrach: „Gene!"

Sie riss die Augen auf und sah sich desorientiert um.

Tiefschwarze Dunkelheit umgab das Shuttle, in dem alle außer Lovis und Dune schliefen.

„Was ist geschehen?", flüsterte Gene leicht verwirrt. Dune beugte sich zu ihr nach hinten und gab sich Mühe leise zu sprechen, um die anderen nicht zu wecken.

„Du warst extrem unruhig und angespannt. Keine Sorge, das ist normal in der Nacht nach einer solchen Erweckung. Ich kenne das aus eigener Erfahrung: Man träumt unglaublich intensiv. Ich empfand eine schreckliche Leere, als ich meine Magie verloren hatte. Du hast wahrscheinlich von irgendetwas geträumt, was mit deiner magischen Begabung im Zusammenhang steht." Dune sah Gene erwartungsvoll an. Diese kniff die Augen zusammen:

„Ich erinnere mich nicht!"

Bevor Dune etwas erwidern konnte, verkündete Lovis:

„Wir sind nun am Portal!"

Vor ihnen erhoben sich mitten in einem endlos erscheinenden Wald zwei hohe raue Felsen. Der eine war vollkommen kahl, der andere mit dichtem Moos überzogen. Auf ihm thronte ein Turm aus marmorähnlichem grauweißen Gestein. Wie mit Blättern bewachsene Ranken zogen sich silberne Einfassungen von unten nach oben und endeten in einer knospenartigen Spitze.

Licht, so gleißend hell, dass Gene die Augen schließen musste, schoss daraus in den Nachthimmel empor. Dort änderte es fließend seine Richtung und erschuf so genau zwischen der Felsformation einen bläulich fluoreszierenden

Lichtstrudel: Das mystische Portal. Dieses strahlte sphären-
haft filigrane Erhabenheit und beeindruckende Futuristik
aus. Der überwältigende Anblick überstieg alles, was Gene
bisher von Äonia kannte.

„Das ist der letzte Außenposten der Magierwelt: *Iterim*",
flüsterte Dune andächtig.

„Hier wird hoffentlich die Unterstützung anzutreffen sein,
die Orly Bletherwhite uns zugesichert hat. Gene, wärst du
bereit, die Magier an Bord zu holen? Du hast momentan die
beste Verbindung zur Magierwelt", bat Eleazar sie.

Gene nickte. Als das Shuttle lautlos auf einem kleinen
Vorplatz gelandet war, stieg sie rasch aus.

Starke Windböen fuhren ihr durch das helle Haar und
wehten es ihr ins Gesicht. Mit schnellen Schritten ging sie
auf den ebenfalls blau leuchtenden Eingang Iterims zu, nur
um kurz davor von einer ihr bekannten Stimme überrascht
zu werden:

„Da bist du ja endlich! Es ist ganz schön kalt hier oben",
begrüßte Tomethy sie frierend.

12
Allegra Saivor

Allegra erwachte, als Gene mit zwei weiteren Personen zurückkehrte. Eine junge Frau mit dunkler Haut und blitzenden Augen betrat als erste das Shuttle. Ihr folgten Gene und ein leicht unterkühlt wirkender Teenager mit braunen Augen und ebenso dunklen, wirren Haaren.

Als alle einen Platz gefunden hatten, richtete Eleazar das Wort an sie:

„Sobald wir Iterim hinter uns gelassen haben und durch das Portal geflogen sind, gibt es erst mal kein Zurück mehr. Orly Bletherwhite hat angekündigt, die magische Blase auf unbestimmte Zeit von Lumenus zu trennen. Unser Ziel ist die Hauptstadt Calatis. Der Weg dorthin wird eine unitas dauern.“

Verwundert sah Allegra auf. Woher kam das plötzliche Verschwinden des Zeitdrucks, unter dem sie bis eben noch gestanden hatten?

„Müssen wir uns nicht beeilen?“, fragte sie daher irritiert.

Eleazar sah sie ernst an. „Eine berechtigte Frage, doch in Wirklichkeit erforderte die Situation nur zu Anfang schnelles Handeln. Jede nachfolgende Dringlichkeit ist einzig und allein meiner Ungeduld zuzuschreiben.

Nachdem wir die schreckliche Nachricht von Lumenus erhalten haben, bat ich Beverly, einen Zauber zu wirken, der das Raum-Zeit-Kontinuum gravierend verändert. Während wir uns im normalen Zeitgeschehen befinden, läuft für unsere Feinde die Zeit sehr viel langsamer weiter. So können wir uns auf bedachtes Handeln konzentrieren und zielführende Entscheidungen treffen.“

Alle Köpfe im Shuttle flogen zu Beverly herum, der die plötzliche Aufmerksamkeit sichtlich unangenehm war. Jedoch bestätigte sie Eleazars Aussage mit einem kleinen Nicken.

„Trotzdem sollten wir keine Zeit verschwenden, sie ist noch immer kostbar! Außerdem ist mein Zauber der einzige Vorteil, den wir im Moment haben. Ich würde ihn ungern mit Nichtstun vergeuden“, sagte Beverly scharf, aber nicht überheblich.

„Natürlich!“, stimmte ihr Eleazar leise zu.

Mit diesen Worten passierten sie das Portal. Allegra erinnerte das Gefühl, mit dem sie es durchquerte, unangenehmer Weise an ihre Erfahrung in der windumtosten Kapsel, doch der Anblick, der sich auf der anderen Seite bot, war unbeschreiblich:

Auf Lumenus gab es keinen Außenposten. Es existierte nur das Portal inmitten eines unendlich schimmernden Meeres.

Vielleicht war es nur das Wissen, dass sie sich nun wieder im „echten“ Weltall befand, doch Allegra kam es so vor, als wäre das Licht der unzähligen Sterne viel heller und näher als zuvor. Wie ein riesiger Spiegel gab das glatte Meer dieses besondere Licht zurück und vermittelte so den Eindruck, als schwebte das Shuttle vollkommen frei im Weltraum.

Die anderen waren gleichermaßen von diesem Anblick gefangen. Allegra nutzte die Ablenkung, um sich zu Leox zu beugen:

„Es ist mir ein wenig unangenehm, aber könntest du mir die Namen der anwesenden Personen nennen, die ich nicht kenne? Ich mag es nicht, Menschen nur nach ihrem Äußeren abzuspeichern und ihren Namen nicht zu wissen."

Leox sah sich um. „Also", wisperte er. „Neben Gene sitzt meine ....", er stockte kurz, „... Frau Beverly Luctus, die mysteriöse Gestalt aus dem Sturm in der Kapsel." Er seufzte. "Vor ihr sitzt Dune Maryness Luctus, unsere zurückgekehrte Tochter." Das schien ihm leichter über die Lippen zu kommen. „Neben mir befindet sich ihr Bruder und unser Sohn, Tomethy. Er weiß noch nicht, wer Dune wirklich ist, hat aber wahrscheinlich seine Vermutungen, so wie er sie immer wieder ansieht."

Leox Mund verzog sich zu einem kleinen Lächeln, und Allegra fragte sich unwillkürlich, wie es wohl war, wenn die Familie jetzt nach so langer Zeit wieder zusammen kam.

Leox fuhr indessen unbeirrt fort: „Vor mir, die junge Frau, die so verträumt in die Sterne blickt, ist Lux Diana, Leibwache und Ärztin von Orly. Eleazar und Lovis Vaçtmon kennst du ja bereits."

Allegra stimmte ihm dankbar zu. Für sie hatten Namen schon immer eine wichtige Bedeutung gehabt.

Unerwartet heftig überwältigte sie einige Zeit später die Übelkeit: Gene hatte sich direkt zu ihr gedreht. Als sie lächelte funkelten ihre Zähne furchteinflößend.

Allegra zuckte zurück.

„Ich denke, bei dir ist sie besser aufgehoben", sagte Gene kryptisch. Allegra versuchte noch, ihren Tonfall zu deuten, als ein kleines Wesen aus Genes Uniform schlüpfte und sich auf Allegras Hand niederließ: „Yntea!", rief diese ergriffen. Freudig nahm Yntea flügelschlagend ihren Platz an Allegras Halsbeuge ein und zirpte zufrieden. Sofort durchfloss eine angenehme Ruhe Allegras Körper, und die Übelkeit ebbte spürbar ab, wenn auch nur für einen kurzen Moment.

Die nächste unitas rauschte wie im Flug an Allegra vorbei. Sie schlief traumlos und versuchte die restliche Zeit nicht über Gene nachzudenken, welche tief in Gedanken versunken zu sein schien. Deren Nähe löste nun wieder eine leichte Panik in Allegra aus, und sie fragte sich, warum sie nebeneinander sitzen mussten.

Allegra hatte gerade beschlossen, Leox zu bitten, mit ihr den Platz zu tauschen, als das Bild des unendlich unter ihnen vorüberziehenden Meeres am Horizont unterbrochen wurde: Eine gigantische Stadt. Da Lovis leicht den Kurs änderte, kam Allegra zu dem Schluss, dass diese ihr Ziel sein musste: Calatis. Eine unterschwellige Nervosität ergriff Allegra, als sich die beeindruckende Architektur der Stadt unter ihnen offenbarte. Die glatte Wasserfläche wurde von nah aneinander liegenden ungleich großen Felsen durchbrochen. Auf ihnen waren zum Zentrum hin größer werdende, futuristische Gebäude aus Wasser, Glas und Metall errichtet. Die Bauten ragten weit in den Himmel und wurden durch filigrane Brücken verbunden. Darüber hinaus umgab ein kristalliner Glanz die gesamte Silhouette.

Während Allegra noch versuchte, den unglaublichen Anblick vor ihr zu begreifen, landete das Shuttle auf einem der kleineren Felsen.

Sobald sich die automatische Tür öffnete, fegte ein schneidender Wind durch den Innenraum des Shuttles, der alle frösteln ließ. Jedoch schien diese Kälte Dune und Gene nichts anhaben zu können. Während des Ausstiegs überlegte Allegra, woran das liegen könnte: Sie war sich ziemlich sicher, dass es bei Gene etwas mit ihrer Feuermagie zu tun hatte. Der Gedanke an diese veränderte Gene ließ sie schaudern. Über Dune wusste Allegra zu wenig, um sie richtig einschätzen zu können.

Es war seltsam, wieder festen Boden unter den Füßen zu spüren, und es erleichterte Allegra in keinster Weise. All das war ihr so fremd, dass sie sich nicht im Klaren darüber war, was sie denken oder fühlen sollte.

Genes Anwesenheit machte sie offenbar noch immer benommen, obwohl sich jetzt viel mehr Abstand zwischen ihnen befand. Plötzlich tauchte Eleazar neben Allegra auf und zog sie unauffällig ein Stück von den anderen weg. In ihren Augen blitzte große Sorge, und Allegra konnte ihre starken Emotionen sofort spüren, als Eleazar sagte:

„Ich mache mir Gedanken um Lovis!"

Erstaunt sah Allegra sie an, doch Eleazar ließ sich nicht beirren. „Es ist entscheidend, dass du es endlich weißt: Er ist sehr gefährlich! Mein Bruder besitzt eine unstillbare zerstörerische Neugier. Er will alles erfahren, was er nicht weiß und überall hinreisen, wo er noch nicht war, ohne Rücksicht auf jegliche Verluste. Über die Megazyklen hinweg hatte er immer wieder solche Phasen, doch keines seiner bisherigen Ziele war so unmöglich zu erreichen wie sein jetziges."

Eleazar machte eine bedeutungsvolle Pause, und Allegra versuchte, diese neuen Informationen einzuordnen. Das Lovis gefährlich war, hatte sie geahnt, doch ihr war nicht klar, dass auch seine Schwester ihn so einschätzte. Noch verstand sie das Ausmaß der Bedrohung nicht, doch so wie sich Eleazar verhielt, schien es sich gravierend auf ihre Mission auszuwirken. Die anderen hatten noch nicht bemerkt, dass sie fehlten, doch das konnte sich jeden Moment ändern. Da Eleazar offenbar nicht wollte, dass sie etwas von ihrem Gespräch bemerkten, neigte sich Allegra noch näher ihrem zierlichen Gegenüber zu.

„Was versucht er zu erreichen?", fragte sie atemlos.

Eleazar flüsterte, während sie sich wachsam nach Lovis umsah, der gerade mit Gene sprach.

„Er kennt alles in diesem Sektor. Nun möchte er zu anderen Planeten aufbrechen. Doch so fortschrittlich unsere

Technologie auch ist, haben wir uns auf die Verbesserung der hiesigen Lebensqualität konzentriert und nicht auf die Raumfahrt. Unsere Schiffe kommen in den Orbit, jedoch nicht weiter."

Vor Allegras innerem Auge liefen die Ereignisse der letzten Zeit noch einmal ab, und sie begriff schlagartig:

„Er ist für die Eskalation des Konflikts mit den Magiern verantwortlich", stieß sie fassungslos hervor.

Eleazar nickte. „Er wusste, dass unsere Technik mit Magie vereint eine sehr viel bessere Reichweite haben würde. Infolgedessen hat er aus purem Egoismus den Vertrag gebrochen und die Planetaren von der Existenz der Magier in Kenntnis gesetzt. Dies war der Beginn unserer Auseinandersetzungen."

„Aber wie konnte die Situation so gravierend eskalieren?", fragte Allegra verständnislos.

Eleazar versuchte, ihr die Sachlage zu erklären: „Durch das Abkommen, welches wir nach dem Sturz des alten Herrschers mit den Magiern geschlossen haben, war Lovis eines klar: Er konnte weder die Magier herbestellen, noch aus ominösen Gründen um ein Treffen auf Äonia bitten, ohne das Geheimhaltungsabkommen mit der Magischen Sphäre zu brechen.

Deshalb verbreitete er die Information von den Magiern auf ganz Lumenus und erzählte über welch mächtigen Fähigkeiten diese verfügten und wie sie unser Leben enorm vereinfachen könnten. Das löste unter der Bevölkerung den starken Wunsch aus, mit den Magiern eine offenere und nähere Verbindung einzugehen, um von ihnen profitieren zu können. Als Anführer überbrachte Lovis den Magiern die Nachricht, unterschlug jedoch, dass er selbst die Informationen verbreitet hatte und aus eigenen Gründen an der Magie teilhaben wollte.

Orly weigerte sich die beiden Spezies miteinander vertraut zu machen. Ihrer Meinung nach würde eine professionelle Distanz beide Völker schützen. Diese Ablehnung machte Lovis rasend vor Wut und auch für mich blieb die Begründung rätselhaft. Lovis verstand nicht, was Orly mit dieser politischen Undurchsichtigkeit bezwecken oder wen sie schützen wollte und fasste einen Entschluss: Er reiste, durch unsere Tarnvorrichtung unbemerkt, nach Äonia, um herauszufinden, was Orly versteckte.

Ich folgte ihm, um ihn vor unvorsichtigen Handlungen und größeren Fehlern zu bewahren, doch er blieb überraschenderweise im Hintergrund und versuchte ausschließlich Informationen zu sammeln. Bis zu deiner Ankunft fand er jedoch nichts Nützliches heraus, auch wenn er sogar einen Magier gefangen nahm, um das für ihn relevante Wissen zu erhalten."

Eleazar war sichtlich schockiert von dieser Radikalität und Allegras Blick huschte zu Leox. Er war nur durch unglückliche Umstände in die Hände von Lovis geraten, allein durch seine Anwesenheit in den „Bergen".

„Lovis erfuhr von eurer Ankunft und war sich sicher,

dass ihr Orly als persönliche Geheimwaffe dienen solltet, ihre Reaktion auf seine mysteriöse Anfrage. Das bestätigte ihn in dem Verdacht, dass Orly weitreichende persönliche Gründe hatte, ein Treffen zwischen den Planetaren und den Magiern zu verhindern", fuhr Eleazar nun noch leiser fort als zuvor.

„Er wollte ihr einen Vorteil nehmen und eine von euch bei sich haben. Dafür schickte er Leox zu eurer Absturzstelle. Da Lovis ahnte, dass Orly euch durch Magie schützen ließ, war ein Magier die beste Option, um eine von euch zu entführen, da dieser gegen alle magischen Sicherheitsvorkehrungen immun war."

Allegra biss sich grübelnd auf die Lippe. Lovis war unmöglich zu kontrollieren, nicht einmal von seiner eigenen Schwester.

Ein Schrei riss Allegra aus ihren Gedanken.

Gene!

Allegra wirbelte herum. Ihr bot sich ein bizarrer Anblick: Gene stand direkt neben Lovis vollkommen in schimmernden Flammen. Das Feuer leckte über ihre Haut und umschloss sie rauchlos. Die von ihr ausgehende Hitze schoss über den Felsen und schockierte alle Anwesenden.

Allegra stand wie erstarrt da, unfähig sich zu rühren oder einzugreifen. Das Feuer übertrug Genes Geruch in die Luft und machte es Allegra unmöglich zu atmen.

So plötzlich, wie der Brand gekommen war, verschwand er auch wieder. Gene starrte fassungslos an sich hinab.

Dune, die sich als erste wieder gefangen hatte, eilte zu Gene. Lux Diana war ihr dicht auf den Fersen.

All das erschien Allegra unwirklich wie in einem Traum. Die Luft war noch immer von Genes Geruch durchsetzt, und sobald Allegra einen Atemzug tat, wurde ihr wieder schwindelig. Die Welt kippte und Schwärze zog vom Rand ihres Blickfeldes auf.

Alles versank in Dunkelheit.

Blinzelnd versuchte Gene zu begreifen, was geschehen war.

Sie hatte lichterloh gebrannt.

In einem Moment war sie noch voller Wachsamkeit in ein Gespräch mit Lovis über die Technik des Shuttles vertieft gewesen. Im nächsten Moment war eine seltsam angenehme Hitze von ihrer Brust ausgehend in ihre Hände geflossen, wo sie sich in wild züngelnde Flammen verwandelt hatte.

Doch das Feuer hinterließ keine Spuren, wie Gene mit einem Blick auf ihre unversehrten Hände feststellte.

War das ihre magische Fähigkeit? Feuer?

Was war der Auslöser für dieses Phänomen gewesen?

Das einzige an das sie sich erinnerte, war ihre aufsteigende Wut, als Lovis ihr vorgeworfen hatte, ihr Interesse an der Technik sei nur geheuchelt. Laut ihm, sollte sie von den Magiern initiiert, die technischen Möglichkeiten der Planetaren ausspionieren.

Jetzt erst bemerkte Gene, wie erschöpft sie war.

Entkräftet ließ sie sich auf den Boden nieder und schloss langsam die Augen. Im selben Moment erreichten Lux und Dune sie. Lux brachte Gene mit leisem Schnipsen dazu, die Lider mühsam wieder zu heben. Ein leichtes, aber besorgtes

Lächeln umspielte ihre Mundwinkel, als sie sagte:

„Ich habe zwar keine Ahnung, wie du erweckt wurdest, da Orly es sicherlich nicht getan hat, aber ich denke, es gibt geeignetere Momente, um dies klarzustellen. Du siehst sehr erschöpft aus, aber keine Sorge! Das ist nach dem ersten Aufflammen der magischen Kräfte normal."

„Woher weißt du ...?" Gene brach ab, da sie nicht genau wusste, wie sie weitersprechen sollte.

„... dass du deine Kräfte zuvor noch nicht eingesetzt hast?", beendete Lux ihren Satz. Gene nickte schwach. „Nun, du hattest die Intensität der Feuersbrunst offensichtlich nicht unter Kontrolle. Außerdem müsstest du dich mehr fokussieren, wenn du deine Fähigkeiten willentlich einsetzen willst! Bei dir zeigte es sich als eine unterbewusste Reaktion, die wahrscheinlich auf eine gravierende Gefühlsschwankung zurückzuführen ist", erklärte Lux ihr leise.

Dune nickte zustimmend, drehte sich jedoch plötzlich ruckartig um und sah mit aufgerissenen Augen auf eine Stelle neben dem Shuttle. Gene stand alarmiert auf und schwankte, als sie erkannte, was Dune so sehr aufgewühlt hatte.

Allegra war dicht neben Eleazar zusammengebrochen, welche vergeblich versuchte sie anzusprechen. Lux eilte zu Allegra. Gene und Dune folgten ihr etwas langsamer.

In Genes Kopf wirbelten die Gedanken nur so durcheinander: Was war mit Allegra passiert? War ihre spontan entfachte Magie für ihren Zusammenbruch verantwortlich?

Hatte sie sie unwissentlich verletzt? Bei Allegra angekommen, sah Gene voller Erleichterung, dass diese langsam wieder zu sich kam. Mittlerweile waren auch Beverly, Tomethy, Leox und Lovis auf Allegra aufmerksam geworden und traten vorsichtig näher.

Allegra rieb sich behutsam den Hinterkopf und verzog schmerzverzerrt das Gesicht, als sie in Genes Richtung sah, so als verursachte ihr deren bloßer Anblick starke Kopfschmerzen. Glücklicherweise schien sie nicht weiter verletzt zu sein, wovon sich auch Yntea heftig flügelschlagend überzeugen wollte.

Alle erkundigten sich nach Allegras Befinden. Gene hörte aufmerksam zu, stellte selbst jedoch keine einzige Frage, da sie fürchtete, Allegras Zustand damit nur zu verschlechtern. Kurz darauf war Allegra, die sich ihren Zustand auch nicht erklären konnte, in der Lage aufzustehen, und so machte sich ihre ungleiche Gruppe endlich weiter auf den Weg nach Calatis ins Zentrum.

Anfänglich führte ihr Weg über ebene Felsflächen. Näher betrachtet glänzten die langen Brücken, die diese Steinplateaus verbanden, silbern, und deren Handläufe waren mit vielfältig verschlungenen Mustern verziert. Der Boden bestand aus feinen Glasornamenten, die fluoreszierend leuchteten, sobald man sie betrat.

Gene staunte, wie gut sich diese architektonische Eleganz in die Futuristik des Gesamtbildes einfügte. Kurz darauf erreichten sie den direkten Übergang zur Stadt:

Hier begannen kunstvolle Bauten beeindruckende Schluchten zu bilden, die sich in Form verschlungener Straßen durch die Reihen verschiedenster Gebäude zogen. Gläserne Tropfen, mit warmem Licht gefüllt, erhellten die Dunkelheit und machten die unglaublichsten Kunstwerke sichtbar: Wolkenkratzer, so hoch, dass Gene nicht sehen konnte, wo sie endeten. Bauten, ganz aus Glas bestehend, waren in so surrealen Formen angeordnet, dass die Statik unmöglich mit der hier herrschenden Schwerkraft übereinstimmen konnte.

Den Mittelpunkt der Stadt bildete ein außerordentlich hoher, strahlender Wasserstrudel, der nach oben hin breiter wurde. Dieser trug eine große, feststehende aus Glas und Metall konstruierte Kugel, die an einer Seite offen war.

Aus dieser Öffnung schwebten beständig kleine, helle Lichtkugeln, die ihren Weg sowohl in die Stadt als auch in den Weltraum fanden. Im Inneren der großen Kugel konnte Gene eine Lichtsäule erkennen, die alle Farben des Spektrums vereinte und sich sehr weit nach oben erstreckte, direkt ins All. Dort fächerte sie sich wie eine Kuppel auf und erschuf trotz der gewaltigen Entfernung einen sanften Lichtschimmer über der Stadt.

Nicht nur Gene war von diesem Anblick ergriffen, auch den anderen stockte der Atem. Allegra schlug sich staunend die Hand vor den Mund, und Dune hielt sich Halt suchend an Gene fest.

„Das ist der Generator. Er wird durch meine Magie betrieben“, flüsterte Dune fassungslos. Nur Lovis und Eleazar berührte der Anblick nicht. Ohne auch nur einmal zu dem atemberaubend magischen Schauspiel aufzublicken, lief letztere an allen vorbei und setzte sich an die Spitze der Gruppe. Schweigend führte sie sie über eine verschlungene Straße in Richtung des Generators.

Aus nächster Nähe betrachtet war er noch überwältigender, und Gene brauchte einen Moment, um zu begreifen, was ihr seltsam vorkam: die allumfassende Stille. Kein einziges Geräusch drang an ihre Ohren, außer ihren eigenen Schritten und die der anderen.

„Wo sind denn alle?“, fragte sie Eleazar, und obwohl sie flüsterte, schien ihre Stimme ohrenbetäubend laut.

„Ich habe die Evakuierung ausgerufen. Allen Personen, die nicht für die Erhaltung der Stadt absolut notwendig sind, wurde eine Transportmöglichkeit an einen sicheren Ort ermöglicht. Obwohl ich mich frage, wie lange es noch sichere Orte auf diesem Planeten geben wird“, erwiderte Eleazar grimmig.

Mit ihrer zierlichen Hand deutete sie auf eine Reihe von Gebäuden zu ihrer Rechten: Die Metallkonstruktionen waren grausam verbogen und verbrannt. Das Glas war geborsten, und das Wasser, welches einst wohl kunstvoll um das Gebäude geflossen war, versickerte im ebenen Boden. Dieser schockierende Anblick war der Inbegriff mutwilliger Zerstörung!

„Ich weiß nicht, was die Angreifer von uns wollen“, sagte Eleazar mit einem scharfen Blick in Richtung des Weltraums.

„Aber ich bin mir sehr sicher: Es war nur eine Warnung an uns! Sie hätten genauso gut auf den Generator zielen können. Die Wirkung wäre sehr viel zerstörerischer gewesen. Sie scheinen uns nicht vernichten zu wollen. Wir sollten versuchen, mit ihnen zu kommunizieren. Zunächst jedoch ist die Absicherung der Stadt das Wichtigste."

Eleazar richtete sich entschlossen auf, und Gene begriff, wie wichtig ihr das Wohl ihres Volkes war.

„Wir sind bald am Ziel! Der Generator ist das Herz der Hauptstadt und damit auch unserer Regierung. Von hier können Lovis und ich am meisten ausrichten."

Eleazar führte sie direkt zum Rand der hohen Wassersäule. Das Wirbeln des Wassers verursachte Allegra Kopfschmerzen, wie eigentlich alles, seitdem sie zusammengebrochen war. Außerdem irritierte sie die weitreichende Stille, die sie umgab. Sie machte ihr regelrecht Angst. Seit wann floss Wasser lautlos und dazu noch von unten nach oben?

In ihrer Laufbahn als Sternreisende hatte Allegra schon vieles gesehen, doch nichts war so schrecklich surreal gewesen wie Calatis.

In diesem Moment teilte sich der Wasserfluss vor ihnen und offenbarte einen transparenten Untergrund: Die riesige Wassersäule war hohl.

Sobald Allegra sich zu den anderen auf die durchsichtige Scheibe gestellt hatte, hob diese ab und glitt lautlos in die Höhe. Allegra biss die Zähne zusammen, als sich heftige Übelkeit zu ihren Kopfschmerzen gesellte. Sie drückte sich ganz an den Rand der Plattform, so weit wie möglich von den Magiern entfernt. Gene bemerkte ihre Reaktion und schob die magielose Dune vor sich, um nicht direkt in Allegras Blickfeld zu stehen. Diese war dankbar für die zusätzliche Entlastung, auch wenn Genes Verhaltensweise nicht zu

Allegras negativer Einstellung gegenüber Magiern passte.

Kurz darauf verstummten Allegras Gedanken vollkommen. Sie hatten den kugelförmigen Raum des Generators erreicht. Die vielfarbige Lichtsäule tauchte alles in ein verwirrendes Licht und gab der Kuppel eine dystopische Atmosphäre. Durch die Öffnung konnte man die ganze Stadt überblicken, wobei Allegras Aufmerksamkeit von etwas anderem in Anspruch genommen wurde: Um die Lichtsäule, leicht erhöht und kreisförmig angeordnet, befanden sich mindestens 30 Steuerungskonsolen, an denen jeweils ein Planetar stand und die verschiedensten Vorgänge auf Lumenus überwachte.

Eine schlanke Frau mit kurzen braunen Haaren sorgte für die Stabilität des Wirtschaftssystems. Ein athletisch aussehender Mann überprüfte die Vorgänge und Statistiken der einzelnen Städte. So trug jeder in diesem Raum dazu bei, dass das zivile Leben auf Lumenus trotz des Ausnahmezustandes nicht zusammenbrach.

Allegra begriff, dass Eleazar und Lovis Vaçtmon nicht die einzigen waren, die diesen Planeten führten. Sie hatten die Technokratie gewählt und dabei jeden ihrer eigenen Schwachpunkte durch Experten ersetzt.

Dieser Planet wurde von Wissenschaftlern geleitet, die perfekt aufeinander abgestimmt waren und deren Handlungen aufeinander aufbauten. Doch so sehr die strikte Arbeitsteilung von Vorteil war, es machte die Kultur instabil und angreifbar. Gene hatte dies bereits vorausgesehen, und Allegra musste unwillkürlich über die Klugheit ihrer Kapitänin lächeln. Dieser kurze Anflug von Heiterkeit verschwand allerdings sofort aus ihrem Gedanken, als ein durchdringender Alarm die Kuppel erfüllte.

„Was ist passiert?", fragte sie zeitgleich mit Gene.

Ihre Kapitänin hatte die Augen zusammengekniffen und starrte auf den Computer vor sich, so als versuchte sie, die variierenden Anzeigen zu verstehen.

Lovis eilte an ihr vorbei. Seine Finger flogen über das Terminal, und der athletische Mann trat vorsichtshalber einen Schritt zur Seite, als sein Vorgesetzter voller Wut aufschrie und seine Faust auf die glatte Oberfläche der Steuerungskonsole donnern ließ.

„Verdammt!", schrie Lovis. „Verdammt!"

Eleazar stellte sich hinter ihn. Ihr Blick ruhte auf dem Computer.

„Ryles, Clava, Solara, Pax ...", verlas sie stockend, „und 16 weitere Städte wurden angegriffen. 62 Planetaren wurden schwer verletzt, 27 bereits getötet. Pax ist vollständig zerstört und Clava beinahe." Ihre Stimme wurde immer leiser.

Lux ging zu ihr und schlüpfte sofort in ihre frühere Rolle als Planetarin.

„Führt eine Ebene-II-Diagnose der Spuren ihrer Angriffe aus!" Ihr Blick huschte zu Lovis, um auf seine Zustimmung zu warten. Dieser nickte mit mühsam unterdrückter Wut.

„Tun Sie das!" Mit diesen Worten gab er seiner Schwester ein Zeichen. Eleazar bedeutete daraufhin Gene, Allegra,

Leox, Dune, Beverly und Tomethy, ihr zu folgen.

Allegra musste schlucken, als sie an den Mitarbeitern vorbei zu einer sich automatisch öffnenden Tür geführt wurde. All diese Personen mussten machtlos mitansehen, wie ihre Heimat langsam zerstört wurde. Allegra sah in manchen Gesichtern kalte Wut, in anderen klare Entschlossenheit, doch in einigen war eine Hoffnungslosigkeit zu erkennen, die sie erschaudern ließ. Diese Personen schienen die Hoffnung bereits nach so kurzer Zeit aufgegeben zu haben.

Eleazar drehte sich zu der verharrenden Allegra um. Ihr Gesicht glich einer distanzierten Maske, um ihre wahren Gefühle vor ihrer Mannschaft zu verbergen.

„Kommst du bitte?", fragte Eleazar rhetorisch.

Allegra versuchte, ihr starkes Mitgefühl beiseite zu schieben, folgte Eleazar und landete in einem Raum, welcher an einer Seite vollkommen verglast war. Mittendrin stand um einen Glastisch eine schwarze Sitzgruppe, auf der sich Gene, Tomethy und Dune bereits niedergelassen hatten. Rechts neben einer Tür, die in ein weiteres nicht einsehbares Zimmer führte, erkannte Allegra einen in die Wand eingelassenen Nahrungsreplikator. Leox und Beverly unterhielten sich leise etwas abseits der Gruppe. Allegra drehte sich zu Eleazar um, musste aber feststellen, dass diese bereits in den Kontrollraum zurückgekehrt war. Es war ein schreckliches Gefühl zu wissen, wie es um Lumenus stand und anscheinend vorerst nichts ausrichten zu können.

Allegra fragte sich mehr und mehr, wer die mysteriösen

Angreifer waren, und welche mächtigen Waffen sie besaßen. In ihrer Halsbeuge regte es sich, und Yntea flog auf ihre Handfläche, sah sie aufmerksam aus ihren kleinen dunklen Augen an und sorgte augenblicklich für eine wohltuende Ruhe in Allegras Gedanken. Kurz darauf veränderte sie vollkommen ihre Form, verwandelte sich in ein metallenes Armband und fand ihren Platz an Allegras Handgelenk. Überrascht blickte Allegra auf ihren Arm.

Gene sah zu ihr hinüber: „Das hat sie bei mir auch gemacht und mich so zu dir geführt!", sagte sie lächelnd.

Allegra zögerte kurz. Schließlich machte sie ein paar unsichere Schritte auf die Sitzgarnitur zu. Die Übelkeit kam schnell und Allegra schloss die Augen in Erwartung eines Schwindelanfalls, doch es blieb bei leichtem Unwohlsein.

Ermutigt von diesem Fortschritt ließ Allegra sich gegenüber von Gene auf das Sofa nieder. Einige Augenblicke schwiegen alle im Raum und Allegra schloss erschöpft die Augen, als Tomethy sagte:

„Wir sind nicht hier, um herumzusitzen und unseren Gedanken nachzuhängen. Orly hat mich als Unterstützung hergeschickt, und ich möchte etwas Sinnvolles ausrichten. Dafür muss ich euch zuvor etwas zeigen!"

Er sah jeden einzelnen der Anwesenden an.

Allegra nickte ihm leicht zu, als sein Blick sie streifte. Er hatte Recht, sie mussten bald etwas unternehmen!

Beverly beugte sich über die Schulter ihres Sohnes:

„Was willst du uns zeigen?"

Tomethy atmete tief durch.

„Orly gab mir das hier. Sie sagte, es könnte von großer Bedeutung sein. Doch ich weiß nicht, wie es uns helfen kann."

Mit diesen Worten zog er ein altes in Leder gebundenes Buch mit verschnörkelten Goldornamenten aus seiner Umhangtasche, welches in dieser reduzierten Umgebung etwas unpassend wirkte.

Er schlug es auf und blätterte bis zur Seite 144 vor. Es war eine vergilbte Pergamentseite, voll mit altenglischer Schrift bedeckt. Gene nahm ihm das Buch aus der Hand und studierte die Seite aufmerksam. Ihre Augen flogen über den Text, und Allegra bemerkte sofort ihre Irritation.

„Es geht um die Geschichte der Magier", erklärte Gene stirnrunzelnd. „Unabhängigkeit ... Rohstoff ... Planetaren ... Prophezeiung..." Sie stockte. „Das kenne ich doch!", murmelte sie überrascht.

Endlich räusperte sie sich und las laut vor:

„Die hochwohlgeborenen und ehrwürdigen Mitglieder der Magischen Sphäre hatten erst vor kurzem ihre schicksalhaften und überaus rätselhaften Fähigkeiten mit Hilfe einer ganz und gar übersinnlichen Essenz ergründet, da berief sich die überall verehrte Dame Fräulein Tracy aus dem einflussreichen Hause Casslin auf ihr adeliges Recht und rief in aller Eile eine Ratssitzung ein. Es war allgemein bekannt, dass sie ein überaus mächtiges und verwunderliches Talent für alte Schriften und für unsere wertvolle Historie besaß und dieses formvollendet und voller bewundernswerter Selbstverständlichkeit einzusetzen vermochte. Zudem verfügte sie über die höchst nebulöse

und zutiefst beängstigende Fähigkeit, in die uns sonst zu allen Fällen ungewisse Zukunft zu blicken und diese immer zutreffend vorauszusagen..."

Allegra musste sie unterbrechen:

„Es gibt Menschen, die in die Zukunft sehen können?"
Beverly nickte abwesend.

„Ja, es gab sie. Lies weiter, Gene!"
Diese warf einen kurzen Blick zu Allegra und suchte die passende Stelle.

„Als schließlich der gesamte entscheidungsbefugte Rat zusammentraf und sich Fräulein Tracy Casslins Meldung anzuhören bereit war, gab diese nur folgende überaus verwunderlichen Worte von sich:

Ein Diamant schwebt still zwischen
Licht und Dunkelheit.
Geschützt durch ein Opfer,
in ständiger Gefahr vor dem Untergang.
Der Wolf stirbt.
Die Wende des Schicksals steht bevor
und das Feuer wird siegen,
wenn die Grenzen des Möglichen überwunden werden.

Laut ihrer bis jetzt immer wahrhaftigen Aussage war diese Phrase das unglaubliche Ergebnis ihrer letzten mystischen Vision."

„Das ist es!", rief Gene aufgeregt.
Auch Allegra spürte, dass diese Weissagung ihnen helfen konnte, dass sie der Schlüssel zu all ihren Aufgaben war.

„Was ist damit gemeint?“, fragte Leox verwirrt. „Steht da irgendetwas, ob diese Tracy Casslin herausgefunden hat, wann die Prophezeiung eintritt?“, hakte er nach.

Genes Augen flogen erneut über den Text. „Hier ist nur verzeichnet, dass der Rat die Prophezeiung teilweise entschlüsseln konnte, es ist aber leider nicht aufgeführt, welche Erkenntnisse sie dabei erlangten.

Basierend auf diesen Informationen haben sie die Schlussfolgerung gezogen, dass die Weissagung eintritt, sobald der Magischen Sphäre vernichtende Gefahr droht.

Der Rat löste sich einige Megazyklen später auf, doch ihre letzte gemeinsame Entscheidung war, die Prophezeiung auch für zukünftige Generationen geheim zu halten. Dies war notwendig, da der Rat das Volk nicht verängstigen und vorbeugen wollte, dass ein Magier aus Machtgier versuchen könnte, die Prophezeiung gewaltsam zu erfüllen.

So wurde das Wissen um die Prophezeiung nur von Anführer zu Anführer weitergegeben, immer mit dem Vorsatz, sollte die Weissagung eintreten, die wahren Vorgänge geheim zu halten und größeren Schaden für das Volk zu verhindern.“

Kurz schwiegen alle, und Allegra fasste einen Entschluss:

„Wir müssen unbedingt herausfinden, worum es in dieser Prophezeiung wirklich geht“, sagte sie laut und erkannte am zustimmenden Nicken, dass die anderen ihrer Meinung waren.

Allegra sah Gene fragend an.

„Darf ich?", bat sie vorsichtig, und Gene überreichte ihr zögernd das dicke Buch.

„Also ...", murmelte Allegra, während sie die Zeilen des Gedichtes noch einmal las. *„Ein Diamant schwebt still zwischen Licht und Dunkelheit.* Könnte das irgendein Artefakt sein, welches wertvoller wird, wenn Äonia in Gefahr gerät?"

Dune und Beverly sahen sich ratlos an, Gene und Leox schienen ebenfalls keine Idee zur Lösung des Rätsels zu haben.

Da sprang Tomethy plötzlich auf.

„Ich hab's!", rief er aufgeregt. „Das ist eine Metapher! Es geht nicht um ein Artefakt, sondern um ..."

„... den Planeten selbst!", beendete Dune seinen Satz. „Das Doppelgestirn von Lumenus besteht aus einer hellen und einer dunklen Sonne, und Gene erwähnte mal, dass Lumenus, aus dem Weltraum betrachtet, kristallin wirkt, geradeso wie ein geschliffener Diamant."

Gene nickte langsam. „Das könnte tatsächlich Sinn ergeben! Dieser Abschnitt steht also für den Planeten Lumenus.

Wie geht es weiter, Allegra?"

Diese blinzelte und konzentrierte sich auf den nächsten Abschnitt: *„Geschützt durch ein Opfer, in ständiger Gefahr durch den Untergang."*

Beverly sah ihre Tochter traurig an.

„Das ist leider einfach zu deuten: Es geht um das Opfer der Luctus Familie." Ihr Blick huschte zur Tür, hinter der sich der Generator befand.

Allegra senkte den Blick wieder auf das Papier.

„Nächster Part!" sagte sie leise mehr zu sich selbst.

15

Gene O'Leary

„Der Wolf stirbt. Die Wende des Schicksals steht bevor und das Feuer wird siegen, wenn die Grenzen des Möglichen überwunden werden." Allegra hob den Kopf und Gene konnte einen Anflug von Resignation in ihren Augen erkennen, als sie sagte:

„Keine Ahnung, was das zu bedeuten hat. *Der Wolf* und *das Feuer* sind wahrscheinlich ebenfalls Metaphern."

In diesem Moment spürte Gene eine seltsame Spannung, die ihre ganze Konzentration auf einen anderen Punkt lenkte: Dune.

Gene konnte nicht vermeiden, die rothaarige, junge Frau direkt anzustarren. Diese hob ebenfalls wie mechanisch den Kopf, und ihre intensiven Blicke trafen sich voller Energie. Gene kam es vor, als würde sie ihr Gegenüber das erste Mal richtig wahrnehmen. Es fühlte sich an, als wäre sie in eine andere Bewusstseinsebene aufgestiegen, die sie direkt in Dunes Seele blicken ließ.

Kurz verschwamm alles vor ihren Augen, und es war Gene, als würde sich eine ungeheure Kraft zwischen ihnen beiden entladen. Unmittelbar darauf wurden sie wie gleich gepolte Magnete von einander abgestoßen und flogen quer durch den Raum. Für Gene wirkte es, als würde sie jeman-

den anderes beobachten und nicht sich selbst. Vorüberge-
hend blitzte das Bild einer hellen Flamme vor ihrem inneren Auge auf, dann wurde alles schwarz.

Als Gene wieder zu sich kam, brauchte sie einen Augenblick, um sich zu orientieren.

Sie lag in einem viereckigen Raum auf einem von zwei
Betten, welche sie an jene auf der *UNIVERSATY* erinnerten.
Zwei der vier Wände waren komplett verglast und ermög-
lichten einen Blick auf die langsam von goldenem Sonnenlicht überflutete Stadt, die sie schon bei ihrer Ankunft so
fasziniert hatte. Auf der Seite, an der sich die Tür befand,
war ein Waschbecken samt Spiegel in die Wand eingelassen.

Gene stand behutsam auf und blickte vorsichtig auf ihr
Spiegelbild, unsicher, was sie erwartete. Die intensiven
Kopf- und Rückenschmerzen, die sie plagten, waren sicherlich nicht einfach so aufgetaucht. Wobei es Gene immer
noch wunderte, dass sie trotz fehlender Atmung und Herzschlag solche Schmerzen spüren konnte.

Ihr Anblick war glücklicherweise nicht so schlecht wie sie
sich insgesamt fühlte. Abgesehen von einer Prellung an der
rechten Wange und dem unverantwortlichen Zustand ihrer
Haare konnte sie keine weiteren Blessuren erkennen. Trotzdem war sie überrascht, wie intensiv die Freisetzung der
Energie sie zurückgeschleudert haben musste.

Langsam kehrte die Erinnerung an die letzte Nacht zurück, und Gene beschloss, dass sie dringend mit Dune sprechen musste.

Nachdem sie ihr Gesicht gewaschen und notdürftig ihre Haare hochgesteckt hatte, trat sie durch die sich automatisch öffnende Tür. Vor ihr erstreckte sich der Gemeinschaftsraum, in dem sie gestern mit den anderen über die Bedeutung der Prophezeiung gerätselt hatte.

Leox und Beverly waren nirgends zu sehen, doch Dune und Tomethy schliefen auf den beiden Sofas. Das beruhigte Gene unmittelbar, da sie Angst hatte, Dune könnte sich schwerer verletzt haben als sie selbst. Erst jetzt nahm Gene Allegra wahr. Ihre Kommandantin stand unruhig in der Mitte des Raumes und sprach gedämpft mit Yntea. Die relativ entspannte Atmosphäre irritierte Gene, da sie sich nur zu gut an Lumenus Zustand am letzten Abend erinnern konnte.

„Allegra!“, Gene trat vorsichtig einen Schritt auf ihre Kommandantin zu.

Diese wirbelte sichtlich erleichtert herum:

„Gene, du bist wach!“, flüsterte sie, um die beiden anderen nicht zu wecken.

Gene nickte zurückhaltend. „Was ist passiert?“

Allegra sah sie mitfühlend an. „Wir hofften, du oder Dune könntet uns etwas Klarheit über das Geschehene verschaffen. Ich weiß nur, dass ihr in einem Moment noch friedlich auf dem Sofa saßt und im nächsten flogt ihr, von einer regelrechten Lichtexplosion begleitet, durch das Zimmer. Ihr kamt ziemlich hart an der Wand auf und wart sofort bewusstlos. Wir machten uns große Sorgen, ihr könntet stärker verletzt sein als es zuerst den Anschein hatte."

Gene rieb sich nachdenklich die Stirn.

„Und was wäre, wenn es etwas mit der alten Prophezeiung zu tun hätte? Nachdem du den letzten Teil mit dem Wolf und dem Feuer vorgelesen hattest, spürte ich eine seltsame Spannung Dune gegenüber, so als würde sich eine mächtige Verbindung zwischen uns aufbauen. Kurz darauf wurden wir von einem Energiestoß durch das Zimmer geworfen. Was ist wenn diese Spannung zu groß war und sich als Kettenreaktion überladen hat?"

Allegra musterte Gene aufmerksam.

„Du meinst, eure Körper haben auf das Gesagte, auf die Prophezeiung reagiert? Aber können Worte allein so viel Macht haben?", fragte ihre Kommandantin skeptisch.

Gene zuckte mit den Schultern.

„So scheint es zu sein. Ich muss mich dringend mit Dune austauschen. Vielleicht hat sie etwas gespürt, was uns weiterhelfen kann. Wir haben offensichtlich beide mit der Prophezeiung zu tun."

Kurz schwieg sie. „Wo sind Leox und Beverly? Warum ist es hier so entspannt?", fragte Gene schließlich. „Es kommt mir vor, als würden wir auf etwas warten!"

Allegra lehnte sich an die Wand und nickte zustimmend.

„Die Angreifer haben aufgehört, die Städte zu attackieren", erklärte sie. „Lux hat damit begonnen, die Spuren ihrer Angriffe zu erforschen. Noch ist der Computer mit der Auswertung der Daten beschäftigt, doch ihre Waffen scheinen aus einer komplizierten sowie komponentenreichen Zusammensetzung zu bestehen. Lovis und Eleazar versuchen gerade Schadensbegrenzung zu betreiben, das Volk zu beruhigen und dafür zu sorgen, dass das Leben für viele Menschen relativ normal weiterläuft. Natürlich ist das nahezu unmöglich, wenn man so wenig über seine Gegner informiert ist", berichtete Allegra.

Gene erschien das einleuchtend. „Ich muss Eleazar dringend von der Prophezeiung und deren Inhalt berichten. Lumenus wird zwar nicht direkt erwähnt, aber ich denke, dass sich die Prophezeiung auf den Konflikt zwischen den Magiern und den Planetaren bezieht."

Allegra zweifelte sichtlich.

„Die Weissagung wird von den Magiern streng geheim gehalten. Wäre es nicht falsch, dieses Geheimnis den Planetaren zu offenbaren?"

„Vielleicht, vielleicht aber auch nicht, denn so wie es aussieht, hängen beide Spezies enger miteinander zusammen als ihnen lieb ist." Gene stockte, sie wusste nicht, wie sie das Folgende am Besten formulieren sollte.

„Wie kommt es, dass du so unbeschwert mit mir sprechen kannst? In den vorherigen unitas warst du eher abweisend und auf Abstand bedacht."

Allegra senkte den Blick und griff sich an die Stelle am Hals, an der sie die beruhigende Wärme des liebgewonnenen Wesens spürte.

„Das stimmt! Ich vermute, dass es mit Yntea zusammenhängt. Ich habe mich, seit sie bei mir ist, immer weniger von der Magie beeinflusst gefühlt. Wie macht sie das bloß?"

Allegra lächelte besonnen, doch Gene blieb ernst.

„Es tut mir unglaublich leid, Allegra! Es war unverantwortlich von mir, dich in der Kapsel allein zu lassen. Wäre ich bei dir geblieben ..."

Die Angst um Allegra und die zurückgedrängten Selbstvorwürfe kochten in ihr hoch. Gene senkte den Blick.

„Ich habe mich nicht so verhalten, wie ich es in einer Notsituation als deine Kapitänin hätte tun sollen. Hätte ich noch einmal die Möglichkeit zu entscheiden, würde ich bei dir bleiben."

„Nein!", erwiderte Allegra entschlossen. „Vielleicht hast du nicht als Letzte die Kapsel verlassen, aber dann hätten die Planetaren uns beide mitgenommen, und wir hätten nie zwei unterschiedliche Sichtweisen auf diesen Konflikt erhalten."

Gene wollte widersprechen, doch Allegra ließ sie nicht zu Wort kommen.

„Du sagtest zu Lovis, du hättest deine Neutralität verloren, und vielleicht widersprichst du damit deiner Aufgabe hier, aber ich denke, Neutralität wäre in dieser Sache der größte Fehler gewesen. Wir haben Gefühle, um uns vom Herzen leiten zu lassen, Gene O'Leary, und das ist manchmal sinnvoller als kalte Logik und rationale Berechnung."

Allegra verstummte und sah Gene mit einem rätselhaften Ausdruck in den Augen an. Diese hielt ihrem Blick stand und ließ die Worte ihrer Kommandantin auf sich wirken.

Ohne auf Allegras andere Aussagen einzugehen, flüsterte Gene verwundert: „Wieso sprichst du nur über mich?"

Allegra sah sie durchdringend an.

„Gene, alle reden immer nur von dir! Du bist diejenige, die von Orly gerufen wurde und nicht ich. Ich war nur zufällig bei dir."

Gene biss sich auf die Lippe.

„Allegra ...", setzte sie an, doch diese unterbrach sie.

„Du musst dich nicht entschuldigen", versicherte ihr Allegra leise und ging mit diesen Worten zum Replikator:

„Waldfruchttee mit Zitrone, bitte!"

16

Allegra Saivor

Der Tee war viel zu heiß, als dass Allegra ihn gleich hätte trinken können. Doch sie kam nicht einmal dazu, auch nur daran zu nippen, als die Tür schwungvoll aufglitt, und Eleazar aufgebracht eintrat.

„Kommt bitte sofort zum Generator! Die Auswertungen des Computers sind nun im vollen Umfang abrufbar."

Allegra stellte ihren Becher ab. Jetzt würde sich offenbaren, wie zerstörerisch die Attacken der mysteriösen Angreifer wirklich gewesen waren.

Sie folgte Gene und Eleazar zum Generatorraum, wo ihr der Anblick der vielfarbig majestätischen Lichtsäule erneut auf Anhieb den Atem nahm. Die gerade aufgehende Sonne brach ihr Licht in den aufsteigenden Glaskugeln, das in tausende Lichtpunkte aufgespalten wurde, die durch den Raum irrten und den Generator gold-flirrend umtanzten. Die leuchtenden Partikel streiften jeden im Raum, auch Leox und Beverly, die gemeinsam um ein Computerterminal standen, an dem Lux konzentriert etwas eintippte.

Nur vereinzelte Kontrollterminals waren durch Planetaren besetzt, und der gesamte Raum wurde durch eine besondere elektrische Spannung beherrscht, die Allegras

Nackenhaare aufstellten. Mit gezielten Schritten ging sie zu Lux und blickte ihr gemeinsam mit Gene über die Schulter.

„Und?", fragte diese angespannt.

Lux warf einen letzten Blick auf das Display.

„Ihre Waffen sind keine einfachen Telumphotonen, wie zuerst angenommen", eröffnete sie ihre Ausführung. „Es ist eine uns unbekannte Modifikation, leider sehr schwer zu identifizieren. In ihren Waffen ist ein biochemischer Stoff integriert, welcher sich massiv nachteilig auf die Gesundheit einer getroffenen Person auswirkt. Wie schwarze Wellen verseucht dieser ganze Städte. Die Bewohner leiden alle unter den gleichen Symptomen: Erst vernebelt der eingedrungene Stoff die Sehkraft in Form von schwarzen Flecken, daraufhin färbt sich die Iris vollkommen schwarz und schließlich erreicht der Stoff das Gehirn. Er löscht alle bestehenden Erinnerungen und tauscht diese durch komplett neue aus. Wir wissen derzeit noch nicht, durch welche Art der Gedanken diese ersetzt werden. Unsere Mediziner suchen aktuell nach einem Gegenmittel."

Eleazar trat vor. „Wir haben den Verdacht, dass sie etwas von uns wollen, von dem sie glauben, dass wir es ihnen nicht freiwillig geben. Deshalb versuchen sie nach und nach mithilfe dieser Waffe ihr Gedankengut in unsere Gesellschaft zu übertragen. Wir müssen dringend mit ihnen in Kontakt treten, doch kein einziges unserer Funksignale erreicht sie. Ihre Technik arbeitet nach einem ganz anderem Prinzip."

Gene überlegte angestrengt.

„Ist ein Muster in ihren Angriffen erkennbar? Irgendein Schema, auf dessen Grundlage wir eine Abwehrtaktik erarbeiten können?"

Eleazar schüttelte bedauernd den Kopf.

„Nein, ihre Angriffe erscheinen uns vollkommen willkürlich. Solange wir nicht wissen, wie wir mit ihnen kommunizieren oder in Kontakt treten können, müssen wir uns auf die Schadensbegrenzung konzentrieren, bis wir eine sinnvolle Lösung gefunden haben."

Allegra starrte sie an. Ihre Gedanken überschlugen sich.

„Du willst hierbleiben und nichts tun?", fragte sie fassungslos. „Es muss doch eine bessere Möglichkeit geben!"

Eleazars Miene verfinsterte sich.

„Lovis reist in den Städten herum, delegiert die Befehle vor Ort und zeigt sich ansprechbar für die Bevölkerung." Sie trat einen Schritt auf Allegra zu, sodass Leox zur Seite weichen musste:

„Was soll ich deiner Meinung nach tun?", fragte Eleazar zornig. „Was soll ich das nächste Mal tun, wenn sie angreifen und eines der Versorgungszentren treffen? Was soll ich tun, damit nicht noch mehr Lebewesen unter meiner Führung sterben, weil ich nichts dagegen unternommen habe? Was, Allegra Saivor, was soll ich tun?"

Allegra zuckte überrascht zurück und schwieg. Eleazar belastete es scheinbar schwer, dass sie nicht mehr ausrichten konnte, doch Allegra befürchtete, sie habe bereits aufgegeben.

Eleazars Blick bohrte sich in ihren, und sie schnaubte verächtlich: „Aber es ist ja auch nicht dein Problem, dass im letzten Dunkelheitszyklus 376 Individuen ihr Leben verloren haben.“

Allegra keuchte auf. Die Zahl drang schmerzhaft in ihr Bewusstsein und hallte in ihr nach: 376, 376 ... Um sie herum waren alle auffallend still.

Gene trat vor, um einzugreifen, doch Allegra gab ihr ein Zeichen zu warten. Eleazar vertraute ihr, und Allegra würde nicht zulassen, dass sie nun in der ersten wirklich bedrohlichen Krise in Handlungsunfähigkeit verfiel. Sie musste einfach selbst erkennen, dass sie alle Fähigkeiten für die Bewältigung dieser Situation besaß.

Allegra hob entschlossen den Kopf und hielt funkelnd Eleazars Blick stand. „Es stimmt, es ist nicht mein Problem!“, sagte sie ruhig, beinahe freundlich. Beverly sog scharf die Luft ein. Eleazars Blick stach in Allegras Innerstes.

Doch Allegra sprach tapfer weiter. „... weil das deine Aufgabe ist. Dein Volk zählt auf dich, sie vertrauen dir. Sie werden es weiterhin tun, wenn du sie nicht enttäuscht, indem du dich in deinem Kontrollraum hinter Ausreden und Nichtstun versteckst.“

Es tat weh, all diese verletzenden Worte Eleazar direkt ins Gesicht zu sagen, da Allegra genau wusste, was ihrem Gegenüber am meisten schmerzte. Doch angenommen, ihre Theorie ging auf, würde allein das dazu führen, dass das Oberhaupt der Planetaren entschlossen handelte. Allegra pokerte hoch, und sie wusste das. Angenehm war es nicht, aber sie fühlte, dass es das Richtige war.

„Was soll ich also tun?“, flüsterte Eleazar nun und vergrub das Gesicht verzweifelt in ihren Händen.

Allegra bemühte sich, keine Gefühlsregung erkennen zu lassen. Ihr Plan ging auf. „Ich weiß es nicht!“, sagte sie ehrlich, „aber du besitzt die Kraft, all das zum Guten zu wenden, wenn du deinen eigenen Fähigkeiten vertraust. Du bist stark genug Eleazar, wenn du an dich glaubst.“

Eleazar hob den Kopf. Tränen glitzerten in ihren Augen, doch sie richtete sich entschlossen auf. „Du hast Recht! Ungeachtet dessen brauchen wir trotzdem eine funktionierende Lösung.“

Sie wandte sich ab, sah sich aber noch einmal um: „Danke!“, raunte Eleazar so leise, dass nur Allegra es hören konnte.

Anschließend sprach sie zu allen Versammelten: „Wir brauchen einen konkreten Plan! Irgendwelche Vorschläge?“

Lux konzentrierte sich auf den Monitor, und auch die anderen senkten den Blick, bis auf Gene. Ihre Kapitänin trat vor und begann bedacht zu sprechen.

„Es gäbe da eine Idee. Orly ...“, weiter kam sie mit ihren Ausführungen nicht, denn Beverly unterbrach sie harsch.

„... kann uns zum derzeitigen Augenblick auch nicht weiterhelfen“, erwiderte sie betont und funkelte Gene grimmig sowie bedeutungsvoll an.

Eleazar nickte langsam und lächelte sichtlich zweifelnd.

„Im Augenblick wärt ihr die größte Hilfe, wenn ihr zunächst die Aufbauarbeiten und Statistiken übernehmt. Wir müssen die Infrastruktur erhalten, bis wir eine passende Lösung gefunden haben."

Beverly antwortete zustimmend: „Wir wecken nur kurz Tomethy und Dune." Es war mehr als offensichtlich, dass sie eigentlich nur mit Gene allein sprechen wollte, ohne dass es Eleazar mitbekam. Diese ließ sie gewähren.

Während Beverly und Gene im Hinterzimmer verschwanden, verspürte Allegra ein großes Bedürfnis zu helfen. Sie fühlte sich furchtbar nutzlos.

„Was kann ich tun?", fragte sie Eleazar vorsichtig.

Diese lächelte sie an, wobei ein Ausdruck in ihren Augen mitschwang, den Allegra nicht genau deuten konnte.

„Allegra, du kannst versuchen, ein Muster in ihren Angriffen zu erkennen! Wir haben sämtliche ihrer Manöver auf die taktische Konsole dort überspielt."

Es war unübersehbar, dass Eleazar dieses Unterfangen als hoffnungslos einstufte.

„Eleazar, ich möchte *wirklich* helfen!" Allegra sah ihr Gegenüber bittend an.

In diesem Moment eilte ein Mann auf sie zu. Er war mittelgroß, und Allegra schätzte ihn ein paar Megazyklen älter als sich selbst. Seine dunkelbraunen Haare wurden von schwarzen Strähnen durchzogen. Dazu passend trug er einen für die Planetaren unüblichen schwarzen Mantel. Das Markanteste an ihm waren jedoch seine Augen: Sie leuchteten in einem kalten Eisblau, welches ihn hart und abweisend wirken ließ. Um seine Schulter hing eine Medizintasche, und in der Hand hielt er einen Scanner. Er würdigte Allegra keines Blickes, als er zu Eleazar ging und ihr einige der Scanner-Darstellungen zeigte.

„Wir brauchen mehr Personal, um diese Theorie zu bestätigen, doch es könnte eine entscheidende Spur sein und die einzige, die wir bisher haben", äußerte er knapp, während sich eine steile Sorgenfalte auf seiner Stirn bildete.

Eleazar nickte. „Ich werde ..."

„Ich kann helfen!", unterbrach Allegra sie schnell. „Mit Statistiken und deren Auswertungen kenne ich mich aus!"

Der Mann wirbelte ungehalten herum und musterte sie abschätzig, langsam kam er auf sie zu. „Es geht um viel mehr als bloße Statistiken, sonst könnte ja jeder Mediziner werden", knurrte er sehr leise.

Eleazar beobachtete ihn aufmerksam und verschränkte ihre Arme vor der Brust. „Brauchen Sie jetzt Unterstützung oder nicht?", erkundigte sie sich mit fester Stimme.

Irritiert ließ der Mann Allegra nicht aus den Augen.

„Sie ist ein Laie!", sagte er entsetzt.

„Sie wird es versuchen!", hielt Eleazar ungewohnt scharf dagegen. Mit diesen Worten drehte sie sich um und ließ Allegra stehen.

Der Mann seufzte ungehalten und entfernte sich ebenfalls. Allegra folgte ihm schweigend am Generator vorbei durch eine ihr unbekannte Tür. Staunend trat sie in einen riesigen, sonnenbeschienenen Saal, der wie alle Räume hier zwei verglaste Wände besaß. Die Halle war mit dicht aneinander stehenden, durchsichtigen, gläsernen Kuppeln gefüllt, unter denen jeweils ein Bett stand. Das Glas funktionierte wie ein Prisma, welches das Licht aufspaltete und es vielfarbig mit verschiedenen heilenden Funktionen wiedergab.

Der Mann schritt zielstrebig zu einer Kuppel im hinteren Bereich des langgezogenen Raumes. Er betrat sie anmutig und bedeutete Allegra grimmig, ihm zu folgen. Er gab ihr den Scanner und zeigte auf das Bett, in dem eine junge Frau lag. Sie war ausnehmend blass, besaß kurze, helle Haare und lange dunkle Wimpern. Ihr Körper wurde in regelmäßigen Abständen von gelben Lichtblitzen beschienen.

Allegra brauchte einen kurzen Augenblick, um zu begreifen, dass diese von der Frau selbst ausgingen. Jeder Lichtblitz färbte sich eine Nuance dunkler, sodass das anfänglich hellgelbe Licht mittlerweile zu einem intensiven Orange gewechselt hatte.

„Der Stoff verändert nach und nach ihre Persönlichkeits- und Erinnerungssequenzen, bis sie vollkommen andere Erinnerungen und Persönlichkeitsmerkmale besitzt“, sagte der Mann ungewöhnlich sanft.

Sofort wurden seine Gesichtszüge wieder hart, und seine Stimme klang befehlsgewohnt, als er Allegra aufforderte:

„Überprüfe die Komponentenrückstände auf ihrer Haut und ihrem Kopf! Wundere dich nicht! Ihre Vitalzeichen werden etwas anders sein als du es gewohnt bist, da sie derzeit nicht ihr natürliches Aussehen besitzt. Verzeichne, ob ihre Krankheit weiter fortgeschritten ist! Ihre bisherige Akte findest du im Scanner unter dem Namen Maya Ryonides"

Er verließ ohne ein weiteres Wort die Kuppel.

Allegra drehte sich um: „Warte, und wie ist dein Name?"
Er sah sie widerwillig an.

„Hyperon Ryonides", erwiderte er mürrisch.

17

Gene O'Leary

Beverly ließ Gene keine Zeit, noch einmal mit Eleazar zu sprechen, da sie sie auf direktem Weg in den Besprechungsraum zog. Dort angekommen baute sich die dunkelhaarige Magierin zornig vor Gene auf, ohne auf Leox zu achten, der unschlüssig neben der Tür verharrte, und zischte empört:

„Ich verlange eine Erklärung!"

Gene sah sie überrascht an, verwundert über die heftige Reaktion und setzte an, etwas zu sagen.

Doch Beverly wartete nicht: „Wie kannst du es wagen, Eleazar Vaçtmon, einer Planetarin, etwas von der magischen Prophezeiung erzählen zu wollen? Das war es doch, was du im direkten Zusammenhang mit Orly erwähnen wolltest, oder? Wir haben noch nicht einmal selbst alle Zeilen entschlüsselt."

Beverly schäumte vor Wut und hätte ihr wohl noch mehr an den Kopf geworfen, hätte Gene sie nicht augenblicklich unterbrochen. In ihr flammte heiße Wut auf, doch sie blieb ruhig und hielt ihre Magie unter Kontrolle.

„Ich habe nachgedacht und bin zu dem Schluss gekommen, dass sich die Prophezeiung nicht nur auf die Magier beziehen kann. Es wird dort viel über Lumenus gesprochen,

149

das heißt, die Weissagung betrifft genauso die Planetaren, auch wenn die Schrift in der Magischen Sphäre entstanden ist. Zu Beginn wird die besondere Planetenkonstellation hervorgehoben. Dies ist ein eindeutiges Zeichen, dass beide Planeten und Spezies involviert sind."

Beverly taxierte sie noch immer wütend, also fügte Gene seufzend hinzu: „Natürlich hätte ich meine Gedanken erst mit euch teilen müssen, bevor ich mich an Eleazar wandte. Jedoch bin ich der festen Überzeugung, dass die Planetaren zeitnah von der Prophezeiung erfahren müssen, wenn wir ihnen zuverlässig helfen und den internen Konflikt beenden wollen. Vielleicht können wir sogar die Bedeutung der Prophezeiung nur mit ihnen gemeinsam finden."

Beverly schien nach dieser Entschuldigung ein wenig besänftigt und fragte sogar: „Es klingt, als wärst du mit der Entschlüsselung der Prophezeiung weiter als wir. Was hast du bisher herausgefunden?"

Gene sah Beverly offen an.

„Ich würde zuerst gern mit Dune hinsichtlich unserer gegenseitigen Rückkopplung sprechen!"

Zu ihrer beider Überraschung ertönte da plötzlich eine verschlafene Stimme hinter ihnen:

„Was ist mit mir?", fragte Dune müde. Ihre roten Haare standen in alle Richtungen ab, sie hatte tiefe dunkle Ränder unter den Augen, und Gene war überrascht, wie lebendig und menschlich sie in diesem Moment wirkte. Als Untote konnte man offensichtlich durch besondere Ereignisse ebenso an Energie- bzw. Schlafmangel leiden wie lebendige Wesen. Trotzdem war Gene erleichtert, dass Dune scheinbar keine Schmerzen hatte. Beverly trat einen Schritt vor.

„Geht es dir gut?", fragte sie ihre Tochter leise, wobei Besorgnis in ihren Augen aufblitzte. Doch Dune ignorierte ihre Mutter und wandte sich erneut an Gene.

„Was möchtest du mit mir besprechen?", fragte sie nun schon zum wiederholten Male.

Gene lächelte. „Mich würde brennend interessieren, was du genau wahrgenommen hast, kurz vor und während unserer geistigen Rückkopplung."

Dune nickte unsicher. „Also, am Anfang habe ich mich stark zu dir hingezogen gefühlt, so als wären wir gegenpolige Magnete. Kurz darauf flogen wir durch den Raum. Zuerst war überall intensives Licht, dann erschien plötzlich der rätselhafte Schriftzug *Magicae honor immolantibus* vor meinem inneren Auge, und schließlich bin ich auf dem Boden aufgekommen."

Beverly unterbrach sie erstaunt: „Das ist unser Familienmotto! Es bedeutet, die Ehre derer, die Magie opfern!"

Fragend hob Dune den Blick.

„Wirklich? An mehr Details erinnere ich mich leider nicht!" Seufzend rieb sie sich den Kopf.

Doch Gene hatte nun die Bestätigung, die sie brauchte, um sich absolut sicher zu sein. Ihr diffuser Verdacht entpuppte sich als wahr. „Das untermauert meine Vermutung ...", begann sie, „... dass ich das Rätsel gelöst habe.

Gene schaute prüfend in die Runde, und Beverly, Leox, Dune sowie der mittlerweile erwachte Tomethy sahen sie erwartungsvoll an.

„Bevor ich euch nun meine Erkenntnisse zu diesem Teil der Weissagung mitteile, müsst ihr über eine grundlegende Sache informiert sein!"

Gene zögerte und richtete ihren Fokus auf Dune. Diese hielt ihrem Blick stand, und Gene erkannte, dass Dune wusste, was nun folgte. Da sie keine Einwände erhob, fuhr Gene, jedes Wort bedächtig abwägend, fort:

„Dune Maryness Luctus ist vor acht Megazyklen am Tag ihrer Abgabe gestorben. Einzig und allein einer magischen Veränderung ihres Schicksals durch die Prophezeiung ist es zu verdanken, dass sie heute hier ist."

Die Wirkung ihrer Worte war explosiv: Familie Luctus redete wild durcheinander, Dune schwieg beharrlich und Gene wartete geduldig ab, bis sich die allgemeine Aufmerksamkeit wieder auf sie richtete.

„Aber wie kann das sein?", fragte Beverly fassungslos. „Wieso weißt DU davon?"

Gene seufzte. „Nun, weil unser beider Schicksal enger miteinander verwoben ist als es erst den Anschein hatte. Wir sind uns selbst nicht ganz im Klaren darüber, wie genau wir verbunden sind, aber ich werde versuchen, es euch zu erklären."

Das tat sie dann auch, schilderte den Anwesenden von den Geschehnissen rund um Dunes Abgabe, ihrem eigenen

Tod, ihr Aufeinandertreffen in der Zwischenwelt und was sie gemeinsam hatten.

Dune unterbrach Gene immer wieder, um noch etwas hinzuzufügen oder sie zu verbessern. Als die beiden geendet hatten, herrschte eine bedrückende Stille. Gene befürchtete schon, Beverly, Tomethy oder Leox würden ihnen nicht glauben, doch da sagte letzterer erstickt:

„Wir hatten ja keine Ahnung! Hätten wir gewusst ... Es muss so schwer für dich gewesen sein!"

Seine Tochter sah ihn lange an, bevor sie antwortete: „Ich bin beinahe verrückt geworden, so sehr sehnte ich mich danach, jemandem etwas von meiner Existenz erzählen zu dürfen. Ich hatte Angst, ihr wärt wütend oder abweisend, wenn ihr von meiner Andersartigkeit erfahren würdet. Es tut so gut, es endlich jemandem erzählen zu können!"

Schweigend nahm Beverly sie in den Arm. „Wir werden dich immer so lieben wie du bist!"

Tomethy nickte, und man sah ihm an, dass er eigentlich viel mehr sagen wollte, doch er brachte nur „ach, Schwesterherz" hervor und dann nach einer kurzen Pause:

„Aber was hat das jetzt genau mit der Prophezeiung zu tun?" Augenblicklich wechselte die Stimmung im Raum von emotional zu aufmerksam.

Gene fuhr konzentriert fort:„Der bisher noch nicht entschlüsselte Teil lautet: *Der Wolf stirbt. Die Wende des Schicksals steht bevor und das Feuer wird siegen, wenn die Grenzen des Möglichen überwunden werden.* Die Metapher des Wolfes rührt von

Dunes Familiennamen Luctus her. Der *Wolf*, der stirbt, ist also Dune. In eurem Familienmotto wird das Opfer der Magie erwähnt und zeigt so eindeutig Dunes Bezug zur Prophezeiung. Die *Wende des Schicksals* meint eine gravierende Veränderung wie beispielsweise Allegras und meine Ankunft. Das *Feuer*, welches siegt, wenn die Grenzen des Möglichen überwunden werden, bezieht sich auf meine Feuermagie und die Lösung, die ich finden soll."

Gespannt blickte Gene die anderen an.

Niemand sagte ein Wort.

Alle durchdachten das eben Gehörte. Vor Anspannung floss die Wärme in Genes Hände, wo sie in Form kleiner Flämmchen an ihren Fingern leckte. Schnell ballte sie jene zu Fäusten, um das Feuer zu erstickten.

Als erster durchbrach Leox die Stille.

„Du könntest Recht haben! Nur der letzte Satz, der mit dir und der Lösung, worauf bezieht er sich konkret? Auf den Konflikt zwischen den Magiern und Planetaren oder auf die derzeitige Bedrohung von Lumenus?"

Gene sah ihn nachdenklich an.

„Wieso kann er sich nicht auf beide Szenarien beziehen?", fragte sie kryptisch. Es erfüllte sie mit brennender Unsicherheit, dass sie die Lösung vieler Probleme zweier Zivilisationen erbringen sollte und nicht wusste, ob sie dieser Herausforderung gewachsen war.

„Du bist genial!", stieß Dune lächelnd hervor und umarmte sie überschwänglich. Auch Tomethy schien von ihrer Lösung des Rätsels überzeugt, doch einzig Beverly war noch immer skeptisch:

„Du meinst, weil wir die Vermutung haben, dass sich die Prophezeiung auf beide Spezies beziehen könnte, willst du Eleazar und auch Lovis einweihen?"

Gene seufzte ergeben. „Nun", setzte sie an, „ich glaube, wenn Eleazar diese Informationen hat, kann sie selbst entscheiden, was sie damit anfängt. Verheimlichen wir ihr allerdings das Wissen um die Prophezeiung, hat sie nicht die Möglichkeit, daraus einen Nutzen zur Verteidigung ihres Volkes zu ziehen. Zudem bin ich davon überzeugt, dass wir hier gemeinsam handeln müssen!"

Gene sah entschlossen auf. „Ich werde es ihr erzählen und ihr so die Chance geben mit allen verfügbaren Mitteln zu kämpfen."

„Das wird nicht mehr nötig sein", ertönte da plötzlich eine ihnen bekannte Stimme vom Türrahmen aus. „Ich habe alles mitangehört!", sagte Eleazar schneidend, „und ich bin erschüttert, welches Feindbild die Magier noch immer von den Planetaren haben, obwohl sie sich entschieden, uns zu helfen."

Eleazar trat in den Raum hinein und die automatische Tür schloss sich lautlos hinter ihr.

„Tatsächlich kann ich einen Nutzen aus eurer Prophezeiung ziehen! Gerade eben erreichte mich die Nachricht, dass der geheime Raumhafen hier in Calatis noch unversehrt ist. Passend dazu hat Lux Diana herausgefunden, dass die Fremden in einer konstanten Umlaufbahn um Lumenus kreisen. Unsere Schiffe sind zwar lange nicht so fortschrittlich wie die der Sternreisenden, aber auch wir können uns für eine lange Zeit im Orbit aufhalten!"

Erwartungsvoll blickte Eleazar in die Runde, und Gene begriff schlagartig: „Dies ist unsere Möglichkeit, direkt mit ihnen in Kontakt zu treten!"

Eleazar nickte wissend, doch Leox schien verwirrt:

„Was hat das mit der Prophezeiung zu tun?"

Eleazar lächelte leicht. „Eine sehr gute Frage! Die Prophezeiung dient mir mehr als Inspiration, als dass sie mir direkt etwas mitteilt. Erstens wird Lumenus erwähnt. Das gibt mir die Sicherheit, dass die Prophezeiung auch für die Planetaren Relevanz hat. Zweitens sagtet ihr, dass Gene ein wesentlicher Teil der Lösung sein wird. Das erleichtert mir die Frage, wen ich bitten werde, mein Außenteam zu leiten. Eigentlich kommt es mir falsch vor, eine Magierin als Vertreterin von Lumenus einzusetzen, doch sie ist sehr erfahren, und letztendlich ist es ihre Entscheidung."

Gene richtet sich auf. Sie war entschlossen zu helfen, auch wenn ihr klar war, dass die Entscheidung, auf so eine gefährliche Mission zu gehen, nicht leichtfertig getroffen werden durfte.

„Denke darüber nach!", bat Eleazar sie. „Durch das dimensionsübergreifende Zeitparadoxon hast du ausreichend Zeit."

Gene nickte nachdenklich.

„Gut, aber ich möchte im Vorfeld klarstellen, dass ich mir
das entsprechende Außenteam selbst zusammenstellen werde!“

Eleazar war mit dieser Bedingung einverstanden und verließ sichtlich erleichtert den Raum.

18

Allegra Saivor

Erschöpft klappte Allegra den Scanner zu. Es hatte erstaunlich lange gedauert, bis sie die medizinische Akte der vor ihr liegenden Frau gefunden hatte. Laut ihrer persönlichen Datei war sie Hyperons Schwester und in Pax von den aggressiven Waffen der Angreifer getroffen worden. Ihre Krankheit hatte mittlerweile bereits das zweite Stadium erreicht, in welchem die Erinnerungen vollkommen umstrukturiert wurden. Dank der fortschrittlichen Medizin der Planetaren hatte sich ihr Zustand nicht weiter verschlechtert. Doch solange kein Gegenmittel gefunden wurde, würde sich Mayas Zustand sowie der der vielen anderen Patienten schleichend verschlechtern oder zumindest nicht verbessern.

Betrübt, nicht mehr tun zu können, verabreichte Allegra ihr ein Schmerzmittel, so wie von Hyperon aufgetragen.

Allegra hatte ihn nicht mehr gesehen, seit er ihr die Anweisungen gegeben hatte, und sie wusste nicht recht, was sie als nächstes tun sollte.

In diesem Moment betrat Gene das medizinische Labor und eilte, sobald sie Allegra erblickte, auf sie zu.

„Allegra, wir haben die Prophezeiung entschlüsselt!", rief ihre Kapitänin stürmisch.

„Wirklich?", fragte Allegra aufgeregt.

Gene nickte und erklärte ihr kurz, wie sie die fehlenden Teile der Prophezeiung dekodiert hatten.

Anschließend sagte Gene leise: „Eleazar möchte mit dem Raumschiff zu ihnen fliegen und direkt mit ihnen kommunizieren. Dafür braucht sie ein erfahrenes Außenteam. Sie bat mich, dies zu leiten. Durch meine Beteiligung an der Prophezeiung vertraut sie mir. Ich denke, ich habe mich bereits entschieden."

Allegra lächelte. „Du wirst es tun!", sagte sie ohne jeden Zweifel.

Gene seufzte. „Wieso wundert es mich nicht, dass du weißt, wie ich mich entschieden habe? Jedenfalls muss ich meinen Entschluss noch Eleazar mitteilen. Was das Außenteam anbelangt ..."

Allegra sah Gene entschlossen an. „Ich begleite dich!" Sie senkte den Blick. „Es sei denn, du möchtest jemand passenderen an meiner Stelle?!"

Gene stemmte die Hände in die Hüften. „Ich hoffe, dass dieser Einwand nicht ernst gemeint war, Commander Saivor!", erwiderte ihre Kapitänin streng, und Allegra lachte erleichtert auf.

„Natürlich nicht, Captain!"

Gemeinsam verließen sie die Krankenstation.

Im Generatorraum herrschte mittlerweile ein dämmriges Zwielicht, welches die große Lichtsäule und die einzelnen Konsolen noch heller erschienen ließ. Auf halbem Weg zum

Besprechungsraum trafen sie Eleazar. Gene zog sie zur Seite, Allegra folgte ihnen und hörte wie Gene leise sagte:

„Ich habe mich entschieden. Ich werde das Außenteam für die Kontaktaufnahme leiten."

Eleazar war sichtlich beruhigt. „Das ist gut, vielen Dank! Lovis, der euch den Zugang zum Raumhafen gewähren muss, wird in einem Zyklus zurück sein."

Plötzlich verschattete Sorge ihr Gesicht, und sie beugte sich tiefer zu Gene und Allegra.

„Ich hoffe, dir ist das Risiko und die hohe Verantwortung bewusst!", flüsterte Eleazar, bevor sie, ohne die Antwort abzuwarten, in Richtung Besprechungsraum eilte.

Gene tauschte einen entschlossen Blick mit Allegra. Beiden waren die Konsequenzen bewusst, sollte ihre Mission, mit den Angreifern zu sprechen, scheitern. Zudem würde Beverlys Zauber sie nicht ewig in einer Zeitblase gefangen halten können.

Als Allegra hinter Gene in den Besprechungsraum trat, waren bereits alle anderen anwesend. Die lockere Sofa-Landschaft war verschwunden und durch einen langen Holztisch ersetzt worden, um den Eleazar, Dune, Tomethy, Lux, Beverly und Leox bereits versammelt waren.

Sobald Allegra sich erwartungsvoll auf einen der Stühle sinken ließ, ergriff Gene entschlossen das Wort. Ihre Kapitänin war hinter ihrem eigenen Stuhl stehen geblieben und stützte sich auf dessen Lehne. Ihr Körper verriet keinerlei Anspannung, doch Allegra kannte Gene zu gut, als das sie sich von der gefassten Fassade täuschen ließ. Ihre Kapitänin würde in diesem Moment alles tun, um das Gelingen der Mission zu sichern.

„Wie ihr wisst, bat Eleazar mich darum ein Außenteam zu leiten, welches mit den Angreifern kommunizieren und deren wahren Beweggründe erforschen soll“, eröffnete Gene das Gespräch. „Ich habe mich für diese Aufgabe entschieden, allerdings brauche ich eine geeignete Crew, ein Team, welches effizient miteinander agieren kann. Ich werde nicht mehr als sechs Personen in Gefahr bringen. Eine davon wird Allegra sein.“

Genes Blick huschte zu ihr. Allegra war erleichtert, durch das Abflachen ihrer Allergie keine schrecklichen Verzerrungen mehr in Genes Gesicht wahrnehmen zu müssen. Stattdessen blitzte ein Ausdruck in Genes Augen auf, den Allegra nicht genauer einordnen konnte.

War das etwa Stolz? Bevor sie sich dieser emotionalen Einschätzung wirklich sicher sein konnte, wandte Gene sich wieder der allgemeinen Runde zu. In keinem der Gesichter konnte Allegra Verwunderung über Genes Entscheidung, die leitende Rolle zu akzeptieren, erkennen.

„Später werden wir die einzelnen Fähigkeiten mit deren Effizienz für diese Mission abgleichen. Hier zunächst die Frage, wer von euch überhaupt bereit ist, mir zu folgen?“

Genes Stimme hatte die Tonlage erreicht, die Allegra immer nur dann von ihr hörte, wenn sie eine schwere Entscheidung treffen oder ein Außenteam zusammenstellen musste.

Auf ihre Frage hin, erhoben sich sieben Hände, Allegras und Eleazars eingeschlossen. Dass selbst die Anführerin der Planetaren sich Gene unterordnete, hatte Allegra nicht erwartet. Allerdings passte dies zu dem veränderten Eindruck, den Allegra von Eleazar bekam: Sie war stärker als sie aussah und tat ausnahmslos alles, um ihr Volk zu schützen.

Gene blickte jeden, der die Hand gehoben hatte, einzeln an. Als ihr Blick über Allegras Gesichtszüge glitt, lächelte sie gelöst. Bevor Gene jedoch etwas zu dem Ergebnis der Beteiligung sagen konnte, sprang Beverly auf. Allegra hatte die Windmagierin noch nie so aufgebracht erlebt wie in diesem Moment.

„Tomethy Luctus, du wirst dieses Außenteam nicht begleiten!", stellte sie sehr wütend klar und sah ihrem Sohn direkt in die Augen.

Kurz schien es, als wolle Tomethy seine Hand sinken lassen, jedoch siegte seine Entschlossenheit. „Du kannst nicht darüber bestimmen!", widersprach er fest. „Es ist meine Entscheidung!"

Beverlys Augenbraue schoss in die Höhe und sie richtete sich zu ihrer vollen Größe auf: „Junger Mann, du wirst ganz sicher nicht auf die Mission gehen! Du könntest ..." Sie brach abrupt ab.

Tomethy atmete tief durch. „Mama, mir wird nichts passieren!", versicherte er mit Nachdruck. „Ich weiß mich zu verteidigen. Außerdem bin ich nicht allein, und ich will meinen Beitrag leisten!" Sein Blick streifte die Anwesenden.

Gene trat vor. Kurz hatte sie Beverlys Einspruch mitange-
sehen, nun mischte sie sich leise aber bestimmt ein:

„Beverly, ich kann deine Sorge verstehen, aber Tomethy
muss selbst entscheiden, ob er meinem Außenteam ange-
hören will oder nicht. Ich denke, er ist sich der bestehenden
Risiken äußerst bewusst.“

Beverlys Blick wechselte zwischen Tomethy und Gene hin
und her, und kurz erschien es so, als wolle sie weiteren Einspruch erheben. Hingegen dieser Einschätzung setzte sie
sich ruckartig wieder, allerdings nicht, ohne Tomethy leise
zu versichern, dass sie noch darüber sprechen würden.

Gene ignorierte das. „Wie ich sehe, wollen mich alle unterstützen, doch es sind nur noch fünf Plätze vorhanden, ohne
dass ich mehr Personen in Gefahr bringe als unbedingt nötig. Wenn ich einen Vorschlag einbringen darf: Leox, Allegra, Dune, Tomethy und Lux begleiten mich. Beverly und
Eleazar bleiben hier, um die Geschehnisse vor Ort zu koordinieren.“

Niemand sagte etwas.

Daraufhin nickte Eleazar langsam.

„Diese Aufteilung ist tatsächlich am besten, wollen wir
den Erfolg dieser Mission garantieren“, sagte sie zustimmend. Alle Blicke richteten sich auf Beverly, die mühsam
den Kopf hob. Es war offensichtlich, wie wenig sie von dieser Entscheidung hielt.

„Gut!“ Ein einziges unerwartetes Wort, auf das sofort eine
direkte Bedingung folgte. „Aber nur, wenn du mir versi-

chern kannst, dass du alles versuchen wirst, um meine Familie zu schützen, Gene O'Leary!"

Ihr Blick bohrte sich in Genes, die ihn voller Gelassenheit erwiderte. „Ich werde alles tun, um *jeden* aus diesem Team zu schützen!", antwortete sie ruhig. „Diejenigen, die hier auf der Oberfläche bleiben, haben genauso wichtige Aufgaben wie das Kernteam."

Ihr Blick wanderte zu Eleazar, die entschlossen aufstand.

„Mein Platz ist hier, vor allem jetzt. Lovis und ich werden euch mit allen verfügbaren Mitteln unterstützen, während wir den Schaden begrenzen und unsere Städte schützen werden. Lasst uns nun die notwendigen Vorbereitungen treffen! Zunächst müssen wir allerdings auf die Rückkehr von Lovis warten, da er der einzige ist, der Zugang zum Forschungsbereich des Raumhafens hat. Hier liegt unser neustes Schiff, welches alle notwendigen Funktionen für die Außenmission besitzt", bestätigte Eleazar und verließ den Raum.

Im Generatorraum hörte man sie sogleich zahlreiche Befehle delegieren. Ihre Stimme verstummte augenblicklich, als sich die Tür lautlos schloss.

Allegra musterte Beverly, die etwas verloren wirkte und verstand nur zu gut, dass sie es hasste, nichts ausrichten zu können, während ihre Familie kämpfte. Beverly würde sich eher in ein gefährliches Doppelleben stürzen oder es als ihre Lebensaufgabe betrachten, die Anführerin der Magischen Sphäre zu schützen als tatenlos dazusitzen und nichts zu tun.

In diesem Moment sah Allegra auf und bemerkte, dass auch Genes Aufmerksamkeit Beverly galt.

„Beverly, sobald wir gestartet sind, beobachtest du Eleazar und Lovis!", ordnete Gene mit fester Stimme an. „Eleazar vertraue ich vollkommen, Lovis jedoch nicht, daher bedarf es bei ihm einer ausführlichen Überwachung. Dies ist mit Hilfe seines Identifikationssignals jederzeit möglich."

Wie recht Gene mit dieser Annahme hatte, dachte Allegra traurig und nahm sich vor, ihrer Kapitänin sobald wie möglich von Lovis Taten in Kenntnis zu setzen.

„Ich weiß nicht, wie lange wir im Orbit sein werden", fuhr Gene fort. „Bitte schicke mir regelmäßig einen Bericht der Lage, am Besten in Form von verschlüsselten Signalen!"

Allegra sah irritiert auf. Wieso traf Gene diese Vorsichtsmaßnahmen? Wusste sie etwas, worüber Allegra nicht informiert war?

„Warum sind verschlüsselte Signale notwendig?", fragte sie daher. Gene schien ihr Misstrauen zu spüren und drehte sich zu ihr um. Unter deren stechenden Blick fühlte Allegra sich sofort wieder unwohl und tastete zur Beruhigung vorsichtig nach Yntea, die es sich nach wie vor an ihrem Hals bequem gemacht hatte.

„Reine Vorsicht", sagte Gene bestimmt, und Allegra konnte in ihrem Blick lesen, dass sie die Wahrheit sagte.

„Wo wir gerade von Vorsichtsmaßnahmen sprechen", nahm Gene den Faden wieder auf. „Ich erwarte von jedem einzelnen von euch, dass er sich einem medizinischen Test, einer planetaren Registrierung und einer kurzen magischen Verteidigungslehre unterzieht. Ich möchte niemanden ohne die nötigen Vorkenntnisse auf diese Mission schicken. Außerdem werden wir gemeinsam Informationen zu unseren ... Gesprächspartnern ermitteln und zusammentragen!"

Mit diesen Anweisungen entließ Gene die anderen.

„Allegra, bitte informiere jemanden vom medizinischen Personal, dass wir nacheinander zur Visite kommen!"

19
Gene O'Leary

Nachdem auch Allegra gegangen war, lehnte sich Gene erschöpft an die Wand und schloss für einen kurzen Moment die Augen: Sie spürte die Magie durch ihre Adern fließen, eine unbekannte Kraft, die sie noch immer nicht genau einzuschätzen wusste. Sie fühlte, dass sie seit ihrer Erweckung Energiereserven besaß, die sich immer, wenn sie Magie wirkte, aufbrauchten.

Was ihre neue Zugehörigkeit zu der Magischen Sphäre anbelangte, bewegte Gene sich auf völlig unbekanntem Terrain: Bevor sie ihre magischen Fähigkeiten entdeckte, war sie die Kapitänin eines Raumschiffs der Sternreisenden gewesen. Sie hatte die Verantwortung für ihre eigene Crew getragen, hatte sie alle gekannt und geschätzt. Zudem waren die Sternreisenden Nomaden und Überlebende, immer an dem Ort zu Hause, wo sie sich gerade befanden, immer dem kompetentesten Führer folgend.

Auf Äonia war dies anders: Seit ihrer Unabhängigkeit von den Menschen auf der Erde lebten die Magier als eingeschworene Spezies zusammen. Sie besaßen ihre eigenen Regeln, Feinde und traditionellen Bräuche und hatten sich über die Zeit eine unantastbare Vergangenheit aufgebaut.

Gene kannte diese Art zu leben nicht und war auserwählt worden, diese Spezies zu retten ... ihre Spezies.

Dass sie nun eine Magierin war, erfüllte sie gleichzeitig mit Stolz und Ehrfurcht. Ein ganzes Volk vertraute darauf, dass es ihr gelang, Frieden zu schließen. Hinsichtlich der Planetaren hing sogar das Leben von zwei Kulturen von ihrem Handeln ab.

Ihre Gedanken wurden von einem Rumpeln in der Raummitte unterbrochen: Der ausladende Besprechungstisch zog sich in die Zimmerdecke zurück, und die Sitzgarnitur hob sich aus dem weichen Teppichboden. Gedankenverloren ging Gene zur Fensterfront und blickte hinaus in die dunkle Stadt. Sie hatte ihrer Crew aufgetragen, sich vorzubereiten. Genau das sollte sie nun ebenfalls tun.

Voller Entschlossenheit richtete sie sich im dämmrigen Zimmer auf. Bisher hatte sie ihrer Magie kaum Beachtung geschenkt und nicht versucht, sie zu kontrollieren. Doch das war zwingend notwendig, um die anderen beschützen und ihre Magie erfolgreich einsetzen zu können.

Gene schloss die Augen und versuchte, sich an die aufflammende Hitze zu erinnern, die aus ihrem tiefsten Inneren gekommen war, direkt aus ihrem Herzen. Sie ballte ihre Fäuste und dachte an all die ungelösten Probleme, an ihre Verantwortung und Träume. Da spürte sie einen kleinen Funken reinster Energie in sich, der langsam anschwoll und sie schließlich vollkommen ausfüllte. Aus diesem ersten Funken wurde der Fluss des Feuers, der ihre Arme hinab in ihre Hände tröpfelte, bis er ihre Fingerspitzen erreichte. Gene war nun ganz bei sich, nahm nichts anderes mehr wahr. Die pure Energie verwandelte sich in ein farbenfrohes Feuer, in überirdisch schöne Flammen, die Genes Handflächen umtanzten und mit einem Mal erloschen.

Gene taumelte, und ihre Beine gaben so schnell unter ihr nach, dass sie zu Boden stürzte. Einen kurzen Moment lag sie einfach nur da, unfähig sich zu rühren.

Unvermittelt hörte sie näher kommende Schritte, deren Geräusch vom Teppich gedämpft wurden. Ein Gesicht schob sich in Genes Blickfeld, markante Wangenknochen, lange karamellfarbene Haare, lila irisierende Augen: Leox.

„Du musst deine Kräfte einteilen", sagte er überraschend sanft und reichte ihr eine Hand, mit der er sie kraftvoll vom Boden zog.

Als sie sicher stand, meinte er: „Du darfst nicht so viel Magie verschwenden, indem du ihr die Führung überlässt. Sie ist deine Begabung, du lenkst sie, nicht umgekehrt!" Er ließ sich auf eines der schwarzen Sofas nieder und musterte sie lange.

„Mit einem magischen Torysant ist es einfacher! Beinahe jeder Magier besitzt einen." Leox machte eine kurze Pause. „Da du nicht offiziell erweckt wurdest, ist es kein Wunder, dass du keinen solchen besitzt."

Gene ließ sich ihm gegenüber nieder.

„Wie bekomme ich so einen Torysant, wie sieht er aus und wie ist seine Funktionsweise?"

Leox hob die Hand und streckte seinen Ringfinger in Genes Richtung. Diese brauchte einen kurzen Moment, um zu begreifen, dass er ihre Aufmerksamkeit auf den beeindruckenden Ring lenken wollte, der seine Hand zierte. Er war ein filigran gearbeitetes Schmuckstück. Der Hauptteil bestand aus verschlungenen silbernen Metalleinfassungen, die wie Ranken aussahen. Das Zentrum des Kleinodes bildete ein rautenförmig geschliffenes Glasstück, welches von wallendem grauen Rauch durchzogen wurde. Irgendwie passte dieser Ring so gut zu Leox, als wäre er ein Teil von ihm.

„Er sieht bei jedem anders aus. Der Torysant entsteht bei der ersten bewussten Magiefreisetzung und braucht im Anschluss mindestens zwei weitere, um sich auf seinen Besitzer zu prägen und zu manifestieren.“

Leox schaute ins Leere, so als wäre ihm die Bedeutung des eben Gesagten nicht bewusst, doch Gene erfüllte plötzlich eine große Aufregung. Sie sprang auf und schloss erneut ihre Augen. Diesmal wallte die Hitze sofort in ihr auf, ließ sich allerdings nicht kontrollieren. Das Feuer umspielte nur kurz ihre Finger, dann erlosch es, ohne Spuren zu hinterlassen. Dasselbe passierte beim zweiten Aufflammen ihrer Magie.

Sobald die Flammen versiegten, brach Gene erneut zusammen. Leox fing sie auf. Es war erniedrigend für Gene, solch eine Schwäche zu zeigen, doch es war notwendig, um sich mit ihrer Magie vertraut zu machen. In diesem Moment wurde sie wie von einem Magneten wieder auf die Füße gezogen und leicht in die Luft gehoben. Plötzlich umgaben sie rot leuchtende pulsierende Wellen und verfestigten sich wie um ein unsichtbares Zentrum herum vor ihr in der Luft.

Ein ohrenbetäubendes Rauschen ertönte.

Ruckartig schien die Schwerkraft auch für Genes Körper wieder zu gelten. Vollkommen energielos fiel sie auf den Boden und mit ihr ein kleiner metallener Gegenstand.

Leox hob ihn auf und reichte ihn ihr. Sie besah sich das rätselhafte Objekt, welches sie durch ihre eigene Magie erschaffen hatte: Eine Kette, mit feinem Silberband und einem verschlungenen Oval in der Mitte. Silberne Ranken zogen sich einfassend, um einen rot leuchtenden Rubin, in dessen Mitte ein orange-goldener Sturm tobte. Die Kette strahlte eine ungeheure Hitze aus, und als Gene sie umlegte, hatte sich noch niemals etwas richtiger angefühlt. Dies war ihr Torysant. Er gehörte nun zu ihr.

Dieser magische Moment wurde jäh unterbrochen, als die Tür aufglitt und Dune, Lux sowie Allegra in den Raum stürmten. Letztere blieb unentschlossen am Türrahmen stehen, die anderen eilten auf Gene zu.

„Was war das? Wir haben ein unglaubliches Rauschen gehört und dann ...“, setzte Lux an.

In ihrer Hand blitzte ein TypII-Phaser auf.

„Ich sagte dir doch, dass alles in Ordnung ist“, beruhigte Dune Lux und zwinkerte Gene bedeutungsvoll zu. Diese beschlich der Verdacht, dass Dune Leox darauf gebracht hatte, ihr etwas von dem Torysant zu erzählen.

Allegra trat vor. In ihrem Blick blitzte leichte Sorge auf, als sie sagte: „Hyperon meinte, du seist die Nächste im medizinischen Check sowie der planetarischen Verzeichnung, allerdings ...“

Sie sah Gene besorgt an und fragte: „Alles in Ordnung?“

An der Art, wie sie schwankte, erkannte Gene, dass Allegras Allergie momentan wohl stärker war als zuvor. Trotz der Sorge, sie könne den Zustand ihrer Kommandantin mit dem Erschaffen ihres Torysants verschlechtert haben, fühlte Gene sich nun vollkommener denn je.

„Mir geht es gut!“, sagte sie und meinte es auch so. „Aber was ist mit dir?“

Allegra sah Gene direkt in die Augen, und ihr Blick sagte ein einziges Wort: Später! Gene nickte kaum merklich und richtete sich auf.

„Nun, ich möchte Hyperon nicht warten lassen!“, verkündete sie, auch wenn sie nicht einmal wusste, wer das war.

Allegra löste ihren Blick von Genes Gesicht und trat weiter in den Raum hinein, während Gene diesen verließ.

„Erste Tür links, neben der Öffnung!“, rief Allegra ihr nach. Gene fand den Raum sofort. Als sie eintrat, registrierte sie die vielen Glaskuppeln nur am Rande. Sie ging langsam auf einen Bereich in der rechten Ecke des Raumes zu, der sich vollkommen vom Rest der Einrichtung unterschied: Eine einzelne Liege stand in der Mitte, von hüfthohen Schränken und den darüber hängenden Monitoren eingerahmt.

Der Torysant wog schwer um ihren Hals, und alles in Gene brannte darauf ihre Magie unter seinem Einfluss zu testen.

Doch das musste warten.

Sie hatte eine Vorbildfunktion zu erfüllen.

An einem der Computer stand ein Mann, der sich nun zu Gene umdrehte. Seine eisblauen Augen funkelten abweisend, während er sich mit einer Hand seine schwarz-braunen Haare aus dem Gesicht strich.

„Sie müssen Captain Gene O'Leary sein", sagte er leise und voller Verachtung.

Gene ignorierte seinen Tonfall und fragte:

„Was muss ich tun?"

Diese Frage schien ihn von seinem Hohn abzulenken.

„Setzen Sie sich einfach!", knurrte er ungehalten und holte einige medizinische Utensilien aus einem der Schränke hervor. Er scannte Genes gesamten Körper und stutzte.

Mit gerunzelter Stirn verglich er einige Scanner-Daten, bevor er sich Gene zuwandte. Er war so irritiert, dass er sogar kurz seinen ungehaltenen Tonfall vergaß, als er feststellte:

„Der Scanner zeigt unmögliche Werte an, beinahe, als besäßen sie weder Herzschlag noch Atmung."

Gene versuchte, sich ihre plötzliche Nervosität nicht anmerken zu lassen. Hyperon kniff skeptisch die Augen zusammen, dann schüttelte er ratlos den Kopf.

„Dieser Scanner ist schon einige Megazyklen alt. Bisher hat er zwar immer zuverlässig funktioniert, doch heute Morgen waren seine Ergebnisse schon einmal unkorrekt. Wahrscheinlich sind die Anzeigen einfach verfälscht!"

Gene dachte sofort an Dune und hoffte inständig, dass Hyperon es dabei beließ und sie nicht mit einem neueren Modell scannte. Doch er griff bereits nach einem Ersatzgerät und aktivierte dieses. Gene wartete bang auf seine Reaktion, die auch schon nach einem kurzen Moment der Stille folgte.

„Auch dieses Modell zeigt verfälschte Werte an. Seltsam!" Hektisch suchte Gene nach einer Ausrede.

„Vielleicht ist meine Magie schuld! Könnte nicht sie die Ergebnisse unbrauchbar machen?", fragte sie hoffnungsvoll.

„Das ist durchaus möglich!", erwiderte Hyperon grimmig und tippte ungehalten auf den Scanner, um die Funktion zu schließen. „Wenden wir uns anderen medizinischen Untersuchungen zu!"

Gene lächelte erleichtert, auch wenn sie wusste, dass sich Hyperon später noch wundern würde. Sobald er Beverly oder Leox scannte, würde ihm auffallen, dass IHRE Ergebnisse keineswegs verrücktspielten, doch bis dahin hatte Gene sich hoffentlich eine glaubwürdigere Ausrede ausgedacht.

Mittlerweile hatte Hyperon begonnen, ihren Körper nach besonderen, beziehungsweise schädlichen Energien zu durchleuchten. Als er erneut verwundert schaute, biss Gene sich wütend auf die Lippe, sodass ihre Magie für einen kurzen Moment in ihr aufflammte. Wie viele ungewöhnlichen Werte waren noch in ihrem Körper zu finden?

„Es gibt ein erhöhtes Aufkommen an tremologischer Energie“, bemerkte er. „Genau hier!“

Hyperon tippte auf Genes Schlüsselbein.

Diese holte widerwillig ihren Torysant hervor und zeigte ihm das besondere Schmuckstück. „Stammt diese energetische Abweichung zufällig hiervon?“ fragte sie, und Hyperon scannte schnell die Kette.

„Ja, aber was ...“

Einer Eingebung folgend erwiderte Gene: „Ein Geschenk der Magier.“

Hyperon betrachtete sie ernst, ging jedoch nicht weiter darauf ein. Rasch steckte Gene die Kette wieder unter ihre Dienstuniform.

Kurz darauf waren die Scans abgeschlossen, und Hyperon griff zu einem Initiator.

„Ich werde Ihnen nun einige Einheiten des Stoffes Lorasetas verabreichen! Dies ist nötig, um Sie vor unbekannten und potenziell gefährlichen Stoffen in der Nähe ihrer Gegner zu schützen. Es sind keine Nebenwirkungen bekannt, doch es wurde nie an Magiern getestet“, erklärte er unfreundlich und injizierte Gene, nach ihrer Zustimmung, das entsprechende Mittel. Anschließend verabreichte er ihr noch ein Medikament, welches sie für zwanzig Zyklen vor gefährlicher Strahlung schützte, die ihre Gegner umgeben könnte.

Als er damit fertig war, zückte Hyperon eine portable Konsole und lehnte sich an einen der Schränke, sodass Gene sich zu ihm umdrehen musste. Missmutig starrte er auf den Bildschirm.

„Nennen Sie mir Ihren vollständigen Namen!", wies er sie an.

Gene seufzte. „Gene O'Leary!"

„Jetzt noch Ihr Geschlecht und Ihre Spezies!"

Gene antwortete mechanisch: „Weiblich, Mensch!" Sie stockte. „Wobei: Gilt Magierin, als eigene Spezies?"

Hyperon reagierte nicht darauf und stellte ihr weitere Fragen: „Alter?"

„37 Menschenjahre bzw. Megazyklen!"

„Größe?"

„1,76 m!" Gene wartete, ob er sie bat, diese Angabe noch einmal in planetarische Messweise anzugeben, doch er gab sich damit zufrieden.

„Geschwister?"

„Keine!"

„Sind Sie verheiratet oder haben Sie Kinder?", fragte Hyperon distanziert.

Gene schüttelte den Kopf. „Weder noch!"

So ging es immer weiter, bis Hyperon die Konsole zuklappte.

„Ich habe nun alle Daten, die ich benötige. Im ersten clara exulvuntur schicken Sie den großen Mann mit den langen Haaren zu mir. Nehmen Sie das hier für sich und Allegra Saivor mit!"

Er drückte Gene zwei steingraue robuste Uniformen in die

Hand und wandte sich ab. Ohne ein weiteres Wort verließ Gene den Untersuchungsraum.

Sie hoffte, dass alle anderen schon schliefen, damit sie unbemerkt an ihrer Magie üben konnte, doch tief in ihrem Innern wusste sie, dass Allegra bereits auf sie warten würde.

20
Allegra Saivor

Mühsam öffnete Allegra die Augen. Sie lag in dem zum Besprechungsraum angrenzenden Zimmer auf einem der beiden Betten. Die Decke hatte sich um ihre Beine gewickelt und erschwerte es, sich auf die Bettkante zu setzen. Das Bett neben ihr war schon wieder leer. Gene, die darin geschlafen hatte, war also bereits wach.

Müde stand Allegra auf und ging zur Tür. Die Erinnerungen des letzten Abends tröpfelten langsam zurück in ihren Geist, und sie lächelte: Es hatte lange gedauert, bis Gene zurückgekommen war, doch Allegra hatte geduldig im Besprechungsraum auf ihre Kapitänin gewartet.

Eine lange Zeit hatten beide geschwiegen, bis Gene das Wort ergriffen hatte: „Ist deine Allergie wieder stärker geworden?" Darauf hatte Allegra wahrheitsgemäß geantwortet, dass sich die Symptome bereits verflüchtigt hatten, dass sie aber danach erneut vom Schwindel heimgesucht worden war. Gene hatte daraufhin nur genickt und angemerkt:

„Ich werde versuchen zu verhindern, dass die Magie einen Keil zwischen uns treibt!" Mit diesen Worten war ihre Kapitänin in ihren Schlafraum gegangen.

Allegra war zu dem Schluss gekommen, dass Gene sich

schuldig gefühlt hatte, und obwohl Allegra ihr dieses Gefühl gerne ausgeredet hätte, war es für sie wie ein Beweis: Gene war noch immer derselbe Mensch wie zuvor. Allegra hoffte, verhindern zu können, dass ihre Allergie ihr diese Erkenntnis nahm.

Als Allegra durch die Tür des Besprechungsraums trat, schien es ihr, als würde sie einem heiligen Moment beiwohnen.

Leox, Beverly, Tomethy und Lux standen in einem Halbkreis um Eleazar, die, soweit Allegra das sehen konnte, vier Fläschchen voll hell strahlender Substanz in den Händen hielt. Dune und Gene standen etwas abseits, und Allegra begriff: Eleazar stellte den Magiern Rohstoff zur Verfügung, damit sie sich verteidigen konnten.

Doch so wie sie zögerte, war der Anführerin der Planetaren das Risiko, fünf mächtige Magier auf Lumenus zu haben, durchaus bewusst.

„Ich hoffe, ihr missbraucht diese Chance nicht!", sagte die zierliche Frau gerade, und eine leise Drohung schwang in ihren Worten mit.

„Natürlich nicht!", antworteten die Angesprochenen gleichzeitig. Eleazar bedachte sie mit einem letzten warnenden Blick.

Anschließend übergab sie Tomethy als erstem eines der Fläschchen. Dieser betrachtete es kurz andächtig, entkorkte es und schluckte die zähflüssige, hell leuchtende Flüssigkeit. Sofort begann etwas unter seinem T-Shirt zu leuchten, erst ganz leicht, schließlich immer stärker. Ein tosender Wind umwirbelte Tomethy, und er wurde von der überschüssigen Energie leicht in die Luft gehoben. Aus dem entstandenen Windstrudel lösten sich einzelne Wassertropfen und benetzten Allegras Wangen, als eine blau-weiße Lichtexplosion lautlos den gesamten Raum erhellte. Im nächsten Moment war das Schauspiel schon wieder vorbei. Tomethy kam abrupt auf dem Boden auf, von dem er sich mit wackeligen Beinen aufrichtete.

Sein Blick war nun klarer als zuvor, und seine sonst strahlend blauen Augen hatten die Farbe von dunklem stürmischen Wasser angenommen.

Überwältigt ballte Tomethy die Hände und zog sie anschließend vor seinem Oberkörper zusammen. Seine Finger verkrampften sich kurz, sodass Allegra sich fragte, ob er Schmerzen hatte.

Dann geschah das Unglaubliche: Zwischen Tomethys Händen bildete sich langsam eine leicht rotierende Wasserkugel, die beständig größer und ebenmäßiger wurde. Kurz bevor seine Hände darin versanken, ließ Tomethy die Kugel kontrolliert schrumpfen, bis nur noch ein einziger Tropfen übrig war. Dieser tanzte kurz auf seinen Fingerspitzen, bevor er, begleitet von leisem Zischen, zersprang.

Allegra starrte den jungen Wassermagier verwundert an. Auch die anderen schienen von Tomethys Leistung beeindruckt zu sein. Er nahm dies leise lächelnd zur Kenntnis, bevor er sich langsam zu Eleazar umwandte.

„Tut mir leid, dass musste sein!", sagte er verschmitzt, und sein zurückhaltendes Lächeln wurde zu einem breiten Grinsen.

Eleazars Blick streifte ihn wohlwollend, bevor sie sich Leox zuwandte: „Eine eindrucksvolle Vorstellung, zugegeben, doch es gilt nach wie vor, keine Zeit zu verlieren! Du bist der Nächste."

Als Leox die leuchtende Flüssigkeit schluckte, krümmte er sich kurz, dann flackerte sein Blick zu Allegra. Sie zuckte zurück, eingeschüchtert von der plötzlichen Intensität seiner Ausstrahlung, welche sich nur auf sie auszuwirken schien. Mit schnellen Schritten ging er auf sie zu und berührte ihre Schläfe. Das Streifen seiner Hand war so kurz, dass sie es kaum wahrnahm.

Leise stellte er fest: „Überraschend, dass das bisher noch niemandem aufgefallen ist!" Lauter verkündete er: „Sie besitzt starke, einfühlsame Fähigkeiten, welche schon beinahe an magische Empathie grenzen. Außerdem ist sie eindeutig hoch empfänglich für die Gedanken und Gefühle ihrer Mitmenschen. Verwunderlich, dass ein Mensch diese Fähigkeiten besitzen kann!"

Sein beeindruckter Blick ruhte auf Allegra, doch sie nahm dies nur am Rande wahr.

Was meinte Leox damit?

„Ich kann was?", entfuhr es ihr ungläubig. Gene blickte sie ebenfalls über die Maßen verwundert an.

„Wie kommst du darauf?", fragte ihre Kapitänin Leox,

ohne Allegra aus den Augen zu lassen. Diese konzentrierte sich ganz auf ihn, da sie seine Begründung auf keinen Fall verpassen wollte.

„Nun!", sagte Leox ruhig und verschränkte die Finger ineinander. „Allegras Persönlichkeit ist anders als alles, was ich bisher wahrgenommen habe. Ihr Innerstes ist äußerst vielschichtig und empathisch. Ich spüre, wie sensibel sie für emotionale Eindrücke ist. Ich bin mir sicher, dass daher auch ihre Allergie kommt: Magier besitzen eine stärkere Absorption ihrer Gefühle. Das hängt mit dem Rohstoff oder der Erweckung generell zusammen. Allegra nimmt diese Signale auf wie jeder andere Mensch, doch sie verdrängt diese nicht, wie es normalerweise der Fall ist, sondern verarbeitet sie. Dadurch wird ihr Körper dauerhaft überlastet und möchte sich wehren. Deshalb erlebt sie Schwindel und Übelkeit."

Schweigend versuchte Allegra, all das zu verstehen. Leox hatte soeben das Rätsel gelöst, welches sie schon seit ihrer Ankunft quälte, den Ursprung ihrer Allergie.

Angenommen, er hatte Recht. Allegra war sich jedoch keineswegs sicher, denn woher nahm er überhaupt die Gewissheit, dass es stimmte, was er sagte? Wie konnte er so tief in ihr Innerstes schauen, während sie selbst noch nicht einmal etwas davon bemerkte? War das seine magische Fähigkeit?

„Wieso bist du dir da so sicher?", durchbrach Allegra das Schweigen, welches sich nach Leox' Monolog im Raum ausgebreitet hatte. Dieser sah sie lächelnd an, während er selbstsicher antwortete:

„Der Rohstoff bewirkt, dass ich Personen lesen und bis auf den Grund ihrer Seele blicken kann. Ich weiß nicht, was sie denken, falls du dich das jetzt fragst, aber ich erfahre, wie sie empfinden, und was sie ausmacht. Manchmal sehe ich Ausschnitte ihrer Vergangenheit oder die Beweggründe ihres Handelns."

Allegra sah ihn erstaunt an, während Eleazar mahnte, mit der Prozedur fortzufahren und Lux sowie Beverly gleichzeitig eines der trüben Fläschchen überreichte. Sobald der Rohstoff bei Beverly anfing zu wirken, entfachte sich ein sie einhüllender Sturm, welcher ihre Haare um ihr Gesicht wirbeln ließ. Ihre Augen nahmen wechselnd alle Farben des Spektrums an. Irgendwann ließ der kleine Sturm nach, und alle wandten ihre Aufmerksamkeit Lux zu.

Sie trank das Fläschchen sehr viel langsamer aus und beugte sich augenblicklich nach unten, so als fühlte sie sich unwohl.

Plötzlich glitt die Tür am anderen Ende des Raumes auf, und eine Allegra unbekannte Planetarin mit einem langen schwarzen Zopf eilte außer Atem herein. Ihr Blick richtete sich sofort auf Eleazar, und in ihren Augen erkannte Allegra pure Verzweiflung, als sie rief:

„Der Kontakt ist vollkommen abgebrochen! Lovis ist unauffindbar!"

Allegras erster Gedanke war, dass er sich dem Feind angeschlossen hatte, um den Weltraum entdecken zu können.

Doch sie bremste sich. Würde Lovis tatsächlich so weit gehen und für seine eigenen Ziele sein ganzes Volk verraten?

Eleazar dachte augenscheinlich das Gleiche, denn sie
stürzte an der Frau vorbei in Richtung des Generatorraums.

Mit einem unguten Gefühl im Magen folgte Allegra ihr
eilig.

21
Gene O'Leary

Als Gene Allegra folgend den Generatorraum betrat, herrschte dort eine enorme Unruhe: Viele der Konsolen waren mit mehreren Planetaren besetzt, die hektisch an den Reglern nach Lovis Signal forschten.

Mittendrin Eleazar und Allegra, die offenbar beide von dem gleichen Gedanken getrieben durch den Raum zum Hauptcomputer eilten. Wussten sie etwas, was Gene bisher verborgen geblieben war? Schnell folgte sie den beiden zu der Konsole ganz am Rand der Kuppelöffnung, durch die mildes Tageslicht fiel. Schon von Weitem konnte sie Allegras verzweifelte Stimme hören:

„Was machen wir denn jetzt? Denkst du, er würde so weit gehen?" Gene kam vollends verwirrt bei den beiden an.

„Was würde Lovis tun?", fragte sie bemüht ruhig. Sowohl Allegra als auch Eleazar hörten sie nicht.

„Ich weiß es wirklich nicht. Die Fähigkeit, Lovis zutreffend einzuschätzen, ist mir schon vor langer Zeit abhandengekommen", murmelte Eleazar abwesend. Ihr Blick wanderte aufmerksam über die Konsole, während sie konzentriert durch einige Dateien scrollte. Gene wurde zunehmend ungeduldiger: Was war hier überhaupt los? Warum musste

Eleazar Lovis einschätzen? Mehrere Versuche, die beiden anzusprechen, scheiterten.

Inzwischen waren auch Tomethy, Dune, Leox, Lux und Beverly bei ihnen angekommen. Letztere gab Gene ein Zeichen zu warten. Ungeduldig trat diese zurück und hörte schweigend dem immer verwirrender werdenden Gespräch zwischen Allegra und Eleazar zu.

„Ich werde versuchen, sein Signal zu verfolgen, um herauszufinden, an welcher Position es unterbrochen wurde. Vielleicht hilft uns das weiter!" Mit fließenden Fingerbewegungen umging Eleazar eine codegeschützte Sicherung und zeigte Allegra das Ergebnis. Diese beugte sich stirnrunzelnd vor. Gene konnte nicht erkennen, was sie sah, doch sehr wohl deren geschockten Gesichtsausdruck.

„Ich hoffe, ich irre mich", flüsterte Allegra nun, „aber ist das nicht ein Raumhafen?"

Eleazar bestätigte dies: „Du hast recht! Aber sein Signal ist gerade erst dort identifiziert worden. Vielleicht können wir ihn noch erreichen, bevor ...!" Hilflos sahen Allegra und Eleazar sich an. Als auch ein weiterer Kontaktversuch zu Lovis erfolglos blieb, wollten sie direkt zum Raumhafen eilen.

Gene stellte sich ihnen entschlossen in den Weg.

„Was ist hier eigentlich los?", verlangte sie zu wissen. Sie würde nicht eher zur Seite treten, bevor Allegra oder Eleazar ihr diese Situation erläutert hatten. Die beiden waren ihr eine Erklärung schuldig. Wie sollte sie unter diesen Umständen das Außenteam koordinieren?

Allegra seufzte: „Gene, bitte, ich erkläre dir alles später. Jetzt ist wirklich keine Zeit! Lovis wird sonst vielleicht ..." Stockend brach sie ab.

„Lovis wird was?", fragte Gene zunehmend wütend. Sie bemerkte, dass die Wärme ihrer Magie ihre überschäumenden Gefühle anfachte und sie hinderte, ihre professionelle Beherrschung zu wahren.

Doch Allegra schwieg beharrlich, während sie weiterhin versuchte, sich an Gene vorbei zu drängen.

„Commander Saivor, ich befehle Ihnen, sich zu äußern!", forderte Gene hart und kälter als beabsichtigt.

Allegra biss sich auf die Lippe, und für einen Augenblick befürchtete Gene, dass Allegra weiterhin Widerstand leisten würde, doch sie gab nach. Ein letzter gehetzter Blick über Genes Schulter zur Tür, schon begann Allegra schnell und ohne Pause zu sprechen:

„Lovis ist für den Konflikt mit den Magiern verantwortlich. Aus purem Egoismus möchte er den Weltraum erkunden, benötigt dafür die Stärke der Magier. Da er wusste, dass diese keinem Treffen zustimmen würden, schob er das Interesse des Volkes als Deckung für seine eigenen Pläne vor. Doch Orly weigerte sich. Seitdem versucht Lovis ungebremst und skrupellos sein Ziel zu erreichen. Wir wissen nicht, wie weit er gehen wird, ob er sich nicht sogar mit dem Feind verbündet."

Allegras Stimme wurde immer leiser und brach schließlich ab. Für einen kurzen Moment war alles in Gene wie erstarrt.

Sie machte ihrer Kommandantin reflexartig Platz. Darüber, woher Allegra all das wusste, wie sich Lovis Verhalten auf ihre Mission auswirkte und über ihre tausend weiteren Fragen musste Gene später nachdenken. Allegra befürchtete, er könnte sich mit den Angreifern verbrüdern, um sein Ziel zu erreichen. Zudem hatte Eleazar das Signal ihres Bruders zuletzt am geheimen Raumhafen mit dem neuen Schiff lokalisiert. Das Wichtigste war nun, Lovis rechtzeitig zu erreichen und vor dem Verrat am eigenen Volk zu bewahren. Die Möglichkeit, dass er aus anderen Gründen dort war, kam Gene absurd und unglaubwürdig vor. Sie hoffte inständig, nicht zu spät zu kommen.

Kurze Zeit später eilte ihre kleine Gruppe, bestehend aus Gene, Eleazar, Allegra, Tomethy, Dune, Leox, Lux sowie Beverly zu den unterirdischen Transportbändern, die sie auf dem schnellsten Weg direkt zum Raumhafen bringen würden.

Eleazar lief voran, entschlossen sich durch nichts und niemanden aufhalten zu lassen. Schließlich erreichten sie wieder die Oberfläche und befanden sich direkt vor einem unscheinbaren Bauwerk, welches sich neben anderen weit in den Himmel schraubte. In seinem Inneren befand sich ein gläserner Aufzug, der ihre kleine Gruppe in rasendem Tempo nach oben beförderte.

Trotzdem kam er Gene zu langsam vor. Zu was war Lovis

nur fähig? Nach gefühlten drei unitates stoppte der Aufzug vor einer kleinen grifflosen Tür. Die Plattform, auf welcher sie angekommen waren, bestand vollkommen aus Metall, war undurchsichtig und bot kaum Platz für alle.

Niemand sprach ein Wort, als Eleazar die ebenfalls aus massivem Metall bestehende Tür berührte. Unter ihren Fingern tauchte ein versteckter Bildschirm auf, welcher von rätselhaften Codierungen, Anzeigen und fremdartigen Schriftzeichen bedeckt war. Alles drehte sich und rotierte, sobald Eleazars Fingerspritzen einzelne Symbole berührten.

„Identifizieren Sie sich!", erklang eine monotone computergenerierte Stimme.

Eleazar holte tief Luft: „Eleazar Vaçtmon! Ich beantrage den Notzugang zum Forschungstrakt einzuleiten!"

Die Computerstimme antwortete umgehend: „Zutritt verwehrt!", und schaltete sich mit einem leisen Klicken ab.

Fluchend fuhr sich Eleazar durch das Haar.

„Verdammt, der einzige, der einen regulären Zugang zum Hafen besitzt, ist Lovis. Aus Sicherheitsgründen – wie er immer betont. Aber genau in diesen Hallen wurde sein Identifikationssignal das letzte Mal geortet."

Wütend bedachte Eleazar die Tür mit einem zornigen Blick. Gene wägte alle Möglichkeiten ab, doch was konnte sie tun?

Beverly trat entschlossen vor.

„Zurück!", zischte sie und schloss die Augen.

Mit einer Bewegung, als würde sie etwas werfen, zielte die

Windmagierin direkt auf das Zentrum der Tür.

Ein mächtiger Tornado fegte pfeilartig von einem Rauschen begleitet auf diese zu und wirbelte mühelos durch das dicke Metall hindurch. Dabei riss er einen der automatischen Türflügel mit sich und hinterließ so eine schmale Öffnung, einen engen Durchgang in die dahinter liegende Halle.

Zeitgleich ertönte ein durchdringender Alarmton.

Diesen konnte Eleazar jedoch direkt mit ihrem persönlichen Identifikationssignal deaktivieren. Nacheinander schoben sie sich langsam durch die Öffnung, allen voran Gene.

Auch wenn sie sich eigentlich an die überwältigende Architektur der Planetaren hätte gewöhnt haben müssen, ließ die Konstruktion des Raumhafens sie erneut staunen. Sie befanden sich viel weiter oben im Weltraum, als Gene es erwartet hatte. Ihre Gruppe stand auf einem Plateau, welches sich langgezogen gleichermaßen nach rechts und links erstreckte. Auf der gegenüberliegenden Seite war es genauso. Beide Gänge schienen wie gespiegelt und waren mit vier schmalen Brücken verbunden.

Unterhalb dieser Übergänge und von einer alles umspannenden Glaskuppel geschützt, schwebte ein beeindruckendes Raumschiff in der Luft. Es besaß eine immense Größe, war von einer länglichen Bauweise und hatte die Form eines Trichters. In der Mitte mehrerer rotierender Kreisstangen befand sich eine überdimensionale Version, einer der Glaskugeln, die auch die Stadt erhellten. In ihrem Inneren schimmerte eine vielfarbige Lichtkugel, flackernd und lautlos. Ihr Farbspektrum war so umfassend, dass die Energiekugel direkt aus dem magischen Generator zu kommen schien. Die Gasse in der das Raumschiff schwebte, endete vor einem plasmageschützten Kraftfeld, welches das Vakuum des Weltalls auf Abstand hielt.

Rechts daneben öffnete sich der Raumhafen in eine weitläufige, scheinbar ungenutzte Lagerhalle, in der irgendwo Lovis Signal abgebrochen war. Oberhalb erkannte Gene eine hypermoderne Steuerungszentrale, welche durch eine Glasscheibe von der Lagerhalle getrennt war.

All das sah sehr neu und unbenutzt aus, als wäre das Raumschiff vor ihnen noch niemals ausgelaufen. Als hätte Eleazar Genes Gedanken gehört, bedachte sie den Raumhafen mit einem raschen Blick.

Aus ihrer Stimme klang Skepsis, als sie leise sagte:

„Es wurde noch nie genutzt. Ich weiß nicht, wozu Lovis dieses Schiff überhaupt bauen ließ. Wahrscheinlich war er der Meinung, jede moderne Zivilisation bräuchte einen Raumhafen mit Forschungsauftrag.“

Es war offensichtlich, dass sie noch mehr sagen wollte, während sie zügig in Richtung Lagerhalle gingen, doch dann hörten sie gedämpfte Schritte und andere unerklärliche Geräusche.

Da sie sich noch im verbindenden Korridor zum großen Lagerraum befanden, konnten sie noch niemanden sehen oder einschätzen, wer die Geräusche verursachte.

Diese stammten jedoch aus dem Sektor der Halle, in welchem Lovis' Identifikationssignal lokalisiert worden war.

Hoffend, dass sich alles als ein Missverständnis herausstellte, war Gene plötzlich in höchster Alarmbereitschaft und bedeutete ihrer Gruppe, sich still zu verhalten.

Eleazar wollte sich an Gene vorbei schieben, doch diese hielt sie auf.

„Warte!", formten sich ihre Lippen in der Hoffnung, dass Eleazar sie verstand. Diese blieb widerwillig hinter Allegra zurück, die sich ebenfalls vorsichtig neben Gene gestellt hatte. Ein Blick reichte, um sich zu verständigen. Allegra zog zwei Photonenphaser aus ihrer Tasche, und Gene war nur milde überrascht, dass Allegra die Waffen in doppelter Ausführung bei sich trug. Eine davon reichte sie lautlos Gene. Diese warf ihr einen dankbaren Blick zu und stellte den Phaser mit einer einzigen Handbewegung auf Betäubung.

Gerade wollte sie den Schutz des Ganges verlassen und in die offene Lagerhalle treten, als Leox hinter ihr flüsterte:

„Warte!" Sie wirbelte herum und sah ihn auf dem Boden kniend, beide Hände an die Schläfen gelegt.

„Ich nehme mehrere teilweise unbekannte Lebenszeichen wahr. Sie senden widersprüchliche Signale aus purer Verzweiflung und fester Überzeugung." Er sagte beides mit einer solchen Sicherheit, dass Gene nicht einen Moment an seinen Worten zweifelte.

Gene musste unwillkürlich an Allegra denken und fragte sich zum wiederholten Mal, wie Leox' Magie genau funktionierte.

„Wovon überzeugt?“, fragte sie, doch sie ahnte seine Antwort bereits.

„Davon, dass die Planetaren ihnen niemals das geben werden, weshalb sie hier sind ...“, wisperte Leox unheilvoll. „Was Lovis anbelangt, bin ich mir nicht ganz sicher, wie ich seine Zeichen deuten soll!“, flüsterte er nun. „Sein Wesen ist verschleiert, als hätte er ein Beruhigungsmittel bekommen oder seine Persönlichkeit für Magie unzugänglich gemacht.“

Daraufhin merkte Gene vorsichtig an:

„Vielleicht haben ihn die Fremden entführt und wollen so verhindern, dass das jemand herausfindet!“

Es war mehr ein Wunsch als alles andere, doch sie klammerte sich an diesen Hoffnungsschimmer. Wenn Lovis sich mit den Feinden verbündete, und diese ihm halfen, ins All zu gelangen, würden sie im Gegenzug seine Hilfe erwarten. Da die Fremden Lumenus direkt angegriffen hatten, war eindeutig, dass ihr Vorhaben nicht zugunsten des Volkes ausfallen würde. Somit wäre Lovis gezwungen, sein Volk zu verraten.

Das durfte unter keinen Umständen passieren!

Entschlossen musterte Gene ein letztes Mal ihre kleine Gruppe, bevor sie den Schutz des Korridors verließ. Sobald sie in die leere Lagerhalle trat, war ihr ganzer Körper in absoluter Alarmbereitschaft.

Gene sah die Gruppe der fremdartigen Wesen im hinteren Bereich der Halle sofort. Es waren insgesamt sechs Personen. Fünf von ihnen verbargen sich vollkommen in rot leuchtenden Umhängen, die sechste Person war tatsächlich Lovis! Er stand reglos zwischen den ihn überragenden Wesen mit dem Rücken zu Gene, sodass sie sein Gesicht nicht sehen konnte.

Die kleine Gruppe bemerkte sie leider unmittelbar. Drei der Wesen drehten sich zu ihr um, inklusive Lovis. In seinen Augen blitzte weder Erkennen noch eine andere Gefühlsregung auf.

Sein Gesicht glich einer bewegungsunfähigen Maske. Hinter Gene erklang ein erstickter Schrei.

Sie glaubte, er stammte von Eleazar, traute sich jedoch nicht, sich umzudrehen. Gewissheit bekam sie allerdings gleich darauf.

„Lovis!", keuchte Eleazar erstickt.

Die Verzweiflung in ihrer Stimme war deutlich spürbar. Sogleich eroberten die fremden Wesen wieder Genes Aufmerksamkeit. Deren Körper bewegten sich ruckartig, und unter ihren Umhängen waren verschiedenste Farbmuster zu erkennen. Irritiert wandte Gene ihren Kopf leicht in Allegras Richtung, während diese schnell zu ihr trat.

„Was tun sie da?", fragte sie ihre Kommandantin kaum hörbar. Die Antwort auf ihre Frage kam allerdings von Leox.

„Sie kommunizieren."

Gene sah wieder zu den Wesen, die sich mittlerweile einig zu sein schienen. Sie teilten ihre Gruppe, und bevor Gene begreifen konnte, was geschah, beamten sich zwei der Wesen, von einem Partikelstrom begleitet, aus der Lagerhalle.

Schon machten sich die nächsten zwei samt Lovis bereit zum Transport. Waren sie erst einmal verschwunden, würde es beinahe unmöglich werden, ihre Signale ausfindig zu machen und ihre Verfolgung aufzunehmen.

Eleazar schien sich dieser Tatsache ebenfalls bewusst zu sein. Allegra versuchte noch sie aufzuhalten, doch Eleazar war zu schnell. Sie stürzte vor und war mit wenigen Schritten bei den Wesen angekommen.

„Fassen Sie meinen Bruder nicht an!", schrie sie, und Gene war sich sicher, dass es Eleazar in diesem Moment egal war, ob Lovis ihr Volk verriet oder nicht. Er war schließlich ihr Bruder.

Lovis reagierte nach wie vor nicht auf seine Schwester. Er wirkte paralysiert und mental weit weg. Gene war sich sicher, dass die Wesen ihn mit einem Beruhigungsmittel außer Gefecht gesetzt hatten, als einer von ihnen Lovis eine aus Lichtsignalen bestehende Botschaft übermittelte.

Daraufhin wandte der sich unbeteiligt an seine Schwester:

„Lass mich in Ruhe! Es ist besser so!" Seine Stimme klang fremd und abgehackt, doch Eleazar schien dies nicht zu bemerken. Sie war tief verletzt.

„Lovis!", flüsterte sie, „wie kannst du mir das antun?"

Doch Lovis hatte sich bereits umgedreht und verschwand in einem Vorhang aus flimmernden Partikeln. Eleazar blieb wie versteinert stehen, als sich das letzte Wesen zu ihr umdrehte und sie mit einer schnellen Bewegung packte, die so fließend war, dass Gene sie beinahe übersehen hatte.

Bevor sie reagieren konnte, hatte Allegra schon ihren Phaser geladen und abgedrückt. Das Wesen wich dem Geschoss spielend leicht aus. Glitzernde Beampartikel begannen bereits seine Silhouette unscharf werden zu lassen, doch Gene war entschlossen, es nicht entkommen zu lassen.

Sie suchte in ihrem Inneren nach der Anspannung der letzten Tage, erreichte dabei die Tiefen ihres Herzens. Diesmal dauerte es nur Sekunden, bis die Hitze ihre Fingerspitzen erreichte. Gene nahm ihre ganze Konzentration zusammen, sammelte sich blitzschnell und warf ihre Magie mit fast schmerzhafter Intensität auf das Wesen, immer in der Hoffnung, Eleazar nicht zu verletzen.

Dabei stellte sie sich einen Feuerring vor, der das Wesen einschloss, ablenkte und aufhalten würde. Doch sie hatte die Entfernung falsch eingeschätzt. Ihre magischen Flammen trafen das Wesen mit all ihrer Kraft zu früh. Statt sich wie geplant zu einem Feuerring aufzuteilen, verletzte der Feuerball das Wesen schwer. Ein markerschütterndes Geräusch, wie zerberstendes Glas, ertönte. Schließlich ließ das Wesen die ohnmächtig gewordene Eleazar los. Während diese auf dem Boden zusammenbrach, dematerialisierte sich das getroffene Wesen, bis nichts mehr von ihm übrig blieb als der Nachhall seines Schmerzes.

Gene starrte erschüttert auf die Stelle, wo es eben noch gestanden hatte. Sie hatte es verletzt, wenn auch ungewollt. Sogleich versuchte sie sich wieder unter Kontrolle zu bringen. Der Einsatz ihrer Magie war sehr kräftezehrend gewesen und bedurfte starker Willenskraft.

„Gene", flüsterte Allegra neben ihr und legte ihr sanft die Hand auf die Schulter. Gene schüttelte sie ab.

„Nicht jetzt!", sagte sie sehr ruhig, während sie den Blick über ihre Gruppe gleiten ließ. Sie ignorierte, dass Leox, Dune und Tomethy sie überrascht anstarrten, und als sie erkannte, dass niemand verletzt war, eilte Gene direkt zu Eleazar.

Lux folgte ihr. Bei der bewusstlosen Eleazar angekommen, ließen sich die beiden Frauen auf die Knie sinken. Lux scannte Eleazars Körper. Derweil suchte Gene sie nach Wunden ab.

Als ihr Blick über Eleazars Arm glitt, stutzte sie: Seltsam kreisrunde Spuren bedeckten Eleazars Haut, als hätte sich etwas an ihr festgesaugt ... oder jemand.

„Schau mal!", murmelte Gene Lux zu und fuhr mit den Fingern über die Spuren. Die Haut fühlte sich an den Abdrücken erhaben an und schwoll langsam grün-blau an. Lux scannte sofort den betroffenen Bereich und sog scharf die Luft ein:

„Das Wesen muss eine unglaubliche Kraft besitzen, wenn es in der Lage war, sich an die Haut einer Planetarin festzusaugen. Ihre gesamte Erscheinung ist eine Art Tarnung, besitzt also nicht die gleiche Durchlässigkeit bzw. Zusammensetzung wie beispielsweise die menschliche Haut."

Gene betrachtete die Male auf Eleazars Haut genauer.

„Hat sie Schmerzen?"

Lux konsultierte den Scanner erneut. „Höchstwahrscheinlich, während das Wesen sich festgesaugt hat, jetzt aber nicht mehr. Hyperon bekommt sie innerhalb weniger unitas wieder hin."

Jetzt, wo die Gefahr für Eleazar überschaubar war, richtete Gene sich auf.

Die Angreifer hatten Lovis, was bedeutete, dass die Veränderung des Raum-Zeitgefüges kürzer ausgefallen war, als Gene zu hoffen gewagt hatte.

Hatten die Wesen Lovis wirklich entführt oder war es sein freier Wille ihnen zu folgen? Sein untypisches Verhalten und seine offensichtliche Wesensveränderung legten eine starke Beeinflussung durch die Fremden nahe, aber wie war in diesem Zusammenhang seine Reaktion Eleazar gegenüber einzuordnen?

Es gab nur einen Weg, mehr über die mysteriösen Wesen zu erfahren, Lovis zu finden und Lumenus nachhaltig zu retten.

Sie mussten schnellstens in den Orbit!

Allegra Saivor

Als Gene langsam auf sie zukam, blitzte in ihren Augen etwas auf, was Allegra sofort verriet, dass ihre Kapitänin eine Entscheidung getroffen hatte.

Da verkündete Gene bereits: „Ich werde bis auf Weiteres die Mission leiten, bis Eleazar wieder verfügbar ist. Tomethy hat für sie ein Notsignal abgesetzt. Wir werden zeitnah in den Orbit fliegen. Mit den Wesen zu kommunizieren und ihre Ziele zu erfahren hat absolut an Priorität gewonnen. Es ist wichtiger als jemals zuvor. Wir brechen sofort auf!"

Niemand sagte ein Wort, und Allegra spürte die Zweifel der anderen so intensiv, dass Yntea kurz mit leisen, murmelnden Geräuschen ihre Gefühle wieder etwas in Einklang brachte.

Genes gewaltige Demonstration ihrer Kräfte hatte einige eingeschüchtert, doch vor allem war aufgefallen, dass sie ihre Fähigkeiten falsch eingeschätzt hatte. Es war nicht Genes Absicht gewesen, das Wesen zu verletzen, doch letztendlich hatte sie es getan.

Allegra machte ihrer Kapitänin keinen Vorwurf, da sie wusste, dass diese immer darauf bedacht war, verantwortungsvoll zu handeln.

Doch das schienen nicht alle so zu sehen.

Allegra war erstaunt, wie gut sie mittlerweile die Gefühle und Einstellungen der anderen lesen konnte. Die Emotionen waren für sie immer spürbar. Allegra nahm sie aus der Tonlage, der Körpersprache und der energetischen Signatur des Gegenübers wahr. Die mentale Einstellung der einzelnen Personen dagegen verlief auf einem eher unterschwelligen Level, über das sich viele gar nicht bewusst waren.

Gene war erschüttert über ihren Kontrollverlust, versuchte sich ihrer Crew gegenüber jedoch nichts anmerken zu lassen. Das bedrückende Schweigen hielt an und wurde zunehmend unangenehm, als Tomethy das Wort ergriff:

„Ohne Lovis oder Eleazar können wir das Schiff nicht navigieren, da sich hier niemand wirklich mit der planetaren Technologie auskennt, oder? Zudem können wir derzeit keinen Kontakt zum Generatorraum aufbauen, da die Partikel-Anomalien des fremden Beammechanismus unsere Kommunikation stören.“

Gene, um die ihre kleine Gruppe inzwischen einen Halbkreis gebildet hatte, ergriff das Wort. „Ich habe mich etwas mit der planetaren Steuerungsart auseinandergesetzt. Vielleicht schaffe ich es, die Antriebssequenzen zu entschlüsseln. Wir sind nun auf uns allein gestellt.“

Wieder entstand eine unbehagliche Pause, als Gene fortfuhr: „Es ist uns wohl allen klar, was die Ankunft der fremdartigen Wesen bedeutet: Beverlys Zeitzauber hat seine Wirkung verloren oder wurde entdeckt und deaktiviert.“

Ihnen blieb nicht mehr viel Zeit, um in das Geschehen einzugreifen und größere Verluste zu verhindern.

„Also los!" Allegra klatschte in die Hände. „Suchen wir einen Zugang zum Raumschiff!"

Das taten sie dann auch. Sie überquerten die Brücken zum Schiffsrumpf und suchten die Außenfassade des unglaublichen Raumschiffs ab, bis Gene rief:

„Ich habe den Eingang gefunden!" Als Allegra sie erreichte, sah sie Gene an einer Konsole stehen, die Finger beständig über den Bildschirm gleitend.

„Lovis hat den Zugang mit einem siebenstelligen Code gesichert und Ende-zu-Ende verschlüsselt. Die Verschlüsselung kann ich umgehen, den Code leider nicht..."

Gedankenverloren brach Gene ab und überlegte angespannt. Allegra dachte ebenfalls angestrengt nach und kam zu dem Schluss, dass es tausende Möglichkeiten gab, welches Passwort Lovis verwendet haben könnte. Aber manchmal war das Offensichtliche auch die Lösung.

„Probiere mal ELEAZAR", riet Allegra ihrer Kapitänin.

Diese sah sie zweifelnd an, tat aber wie geheißen.

Sobald das R im letzten Kästchen erschienen war, öffnete sich an einer der glatten Raumschiffwände ein unerwarteter Eingang.

Er war von gewohnter Größe und ähnelte den automatischen Türen, die es hier überall gab. Der Entriegelungsvorgang wurde von einer Computeransage begleitet:

„Herzlich willkommen auf der *CURIOSITAS*, Lovis Vaçtmon! Auf dass Sie viele neue Spezies und inspirierende Kulturen kennenlernen!"

„Der ist wirklich besessen!", kommentierte Tomethy das Gesagte, „oder denkt er wirklich, dass diese Ansage bald in Erfüllung geht?"

Niemand erwiderte etwas darauf, doch Allegra konnte deutlich spüren, dass alle es wenig vertrauenserweckend fanden, in ein Raumschiff zu steigen, welches einem Mann gehörte, der trotz der Verantwortung für sein Volk seine persönlichen Ziele über alles andere stellte.

Trotzdem traten sie zögernd nacheinander in das hochmoderne Raumschiff.

Gene ging voraus. Nach einiger Zeit beschlich Allegra das Gefühl, dass der Gang, den sie erklommen, niemals enden würde. Er schraubte sich in gleichmäßigen Spiralen in die Höhe, und die gesamte Konstruktion des Schiffes brachte Allegra zum Staunen.

Die Wände waren allesamt mit Sternzeichnungen, Hypothesen und verschiedenen Schriftzeichen bedeckt, sodass das Schiff den Anschein erweckte, es sei noch im Planungszustand. Gerade als Allegra die Wandnotizen näher betrachten wollte, erreichten sie eine hohe schmale Tür, die einzige, die Allegra bisher entdeckt hatte.

Als diese aufglitt, standen sie in einem weiteren Gang, dessen Ende man einsehen konnte. Hier waren die dunkelblau gehaltenen Wände voller Türen, zehn Stück insgesamt. Als sie aus diesem kurzen Korridor traten, riss Allegra überrascht die Augen auf.

Auch die anderen waren absolut überwältigt: Vor ihnen erstreckte sich eine riesige Glasfront, die wahrscheinlich auch einen Bildschirm beinhaltete. Sie hatten die Steuerungszentrale des Schiffes gefunden: Die Brücke!

In der Mitte des ovalen Raumes stand ein unscheinbarer Projektor, verschiedene hochkomplex wirkende Konsolen säumten die Glasfront. Um den Projektor waren kreisförmig zehn Sitze installiert. Jeder hatte Zugriff zu einer der Steuerungskonsolen. In der Nähe des Eingangs befand sich der größte Sitz mit integrierten Monitoren, der Sessel des Kapitäns. Zwei geschwungene Treppen führten auf eine Empore über dem Gang. Hier befanden sich ausladende Sessel und mehrere Sofas, die einen weiteren Durchgang verdeckten. Nachdem Allegra die Empore überquert hatte und durch diese Tür trat, stand sie plötzlich auf einem Podest unter einer gigantischen Glaskuppel.

Hier befand sich die magisch rotierende Feuerkugel, das Herzstück des Schiffes. Das unruhige Feuer musste eine Art Antrieb sein, und die Glaskuppel entsprach wohl dem Maschinenraum. Von hier aus konnte Allegra den gesamten Raumhafen überblicken.

Als sie zu den anderen auf die Brücke zurückkehrte, inspizierte Gene gerade die Steuerungskonsolen.

Sie winkte Allegra zu sich:

„Das ist die Hauptsteuerung dieses Schiffes. Ich denke, du kannst sie wie die der *UNIVERSITY* betätigen. Außer des

Sonderantriebs und der Tarnvorrichtung gibt es viele Gemeinsamkeiten." Durch ihre eigene Erfahrung und dem Austausch mit Lovis konnte Gene Allegra die Hauptelemente der Steuerung erklären. Vieles war wirklich ähnlich wie bei den Sternreisenden.

Als Gene geendet hatte, ließ Allegra sich auf ihren zugewiesenen Platz sinken. Ob sie wohl mit dem Bordcomputer sprechen konnte, der sie beim Eintreten begrüßt hatte?

„Computer!", versuchte Allegra es testweise.

„Aktiviere die Tarnvorrichtung!"

Der Computer antwortete prompt: „Tarnvorrichtung aktiviert! Schiff bereit zum Starten!"

Gene sah zu Allegra. „Es funktioniert!", stellte sie sachlich fest. Dann rief sie: „Sobald ich alle Aufgaben verteilt habe, starten wir!" Ihr Blick fixierte Allegra.

„Allegra wird meine erste Offizierin sein, die Steuerung übernehmen und mir dank ihrer Fähigkeiten als Counselor beratend zur Seite stehen. Genau wie Leox."

Sie suchte ihn mit den Augen und nickte ihm zu.

„Tomethy und Lux, ihr kümmert euch um die Technik und den besonderen Antrieb! Dune, du bist für die Verteidigung zuständig!"

Ihr Blick huschte zu Beverly. „Wir hatten besprochen ..."

„Ich weiß!", schnitt Beverly ihr das Wort ab. „Ich werde dafür sorgen, dass Eleazar schnellstmöglich medizinische Hilfe bekommt. Bei Unklarheiten melde ich mich über den Subraum." Sie drückte Tomethy und Dune wortlos, küsste

Leox und eilte aus dem Raumschiff.

Trotz der Entfernung konnte Allegra ihre Sorge deutlich spüren. Mittlerweile hatten alle im Schiff ihren Platz eingenommen. Die allgemeine Anspannung war beinahe greifbar.

„Computer!", befahl Gene. „Leite die Startsequenz ein!"

Der Computer bestätigte den Befehl umgehend, und Gene gab Allegra daraufhin ein Zeichen.

Mit unsicheren Bewegungen lenkte die erste Offizierin das unbekannte Schiff aus dem Raumhafen. Es verhielt sich anders als die Schiffe, die Allegra bisher geflogen war, doch sie gewöhnte sich schnell an die neue Steuerung.

Sobald das Schiff den Hafen verlassen hatte, drehte sie sich zu Gene um: „Und jetzt?"

Diese antwortete sofort: „Steig noch etwas höher, bis wir einen konstanten Orbit um Lumenus erreicht haben! Tomethy, Lux, aktiviert die Langstreckenscanner! Ich denke, das Schiff der Fremden befindet sich in der Nähe von Calatis, da sie zum Beamen keine große Reichweite nutzen können."

Allegra tat, wie ihr geheißen, doch sie spürte, dass Gene nur spekulierte. Ihre Kapitänin war sich keinesfalls sicher, was die Voraussetzungen zum Beamen betraf. Vielleicht waren ihre Feinde ihnen technisch weit überlegen?

Da hatte Allegra unvermittelt eine Idee:

„Können wir unser Schiff nicht mit Magie modifizieren, so wie Lovis es geplant hatte? So hätten wir weitreichendere

Scanner, bessere Waffen sowie effizientere Schilde zur Verfügung!"

Ihr ungewöhnlicher Vorschlag war an Gene gerichtet gewesen, stattdessen antwortete ihr Leox:

„In der Theorie schon. Nur bräuchte das sehr viel Zeit, Energie und ..." Er wurde immer leiser.

Allegra sah von ihrem Monitor auf.

„Was ist?", fragten Gene und sie synchron.

„Wir haben ein unbekanntes Signal geortet, wahrscheinlich das feindliche Schiff. Koordinaten: 3,19 sehr nah an Calatis!"

Gene richtete sich in ihrem Sessel auf.

„Allegra, Schilde hoch! Ist die Tarnvorrichtung noch aktiviert? Gut! Fliege bis auf 3.000 km heran!"

„So dicht?", wiederholte Allegra vorsichtig.

Gene nickte grimmig. „Ich möchte sie scannen, bevor sie uns enttarnen!"

Allegra führte den Befehl gewissenhaft aus, obwohl sich in ihrem Inneren eine dunkle Vorahnung manifestierte. Die anderen schienen sich ähnliche Gedanken zu machen, doch niemand äußerte seine Zweifel offen. Alle vertrauten auf Genes Urteil. Als sie die entsprechende Entfernung zum feindlichen Schiff erreicht hatten, befahl Gene:

„Voller Stopp! Sensorenabtastung starten! Allegra, Leox, spürt ihr irgendetwas Ungewöhnliches?"

Leox kniff die Augen zusammen.

„Noch immer das Gleiche wie vorhin!", meldete er.

„Allegra?", fragte Gene daraufhin ungeduldig.

Diese schloss ebenfalls ihre Augen und fokussierte sich ganz auf das Schiff vor ihnen: „Ich spüre Ähnliches wie Leox. Sie sind sehr entschlossen und glauben nicht, dass wir ihnen geben werden, was sie wollen. Doch was sie wirklich antreibt, kann ich nicht entschlüsseln. Es bleibt mir verborgen, wie in einem Nebel liegend. Was Lovis betrifft, ist es vergleichbar: Ich weiß, dass er dort ist, doch die Wesen sind gerade nicht auf ihn fokussiert. Sie planen etwas Neues. Lovis selbst ist für mich noch immer nicht erreichbar. Ihre Sensoren haben uns bisher nicht bemerkt."

Allegra löste die Verbindung. Alle starrten sie an, ausgenommen Gene, welche an die Glasfront getreten war und ins All blickte.

„Was ist?", fragte Allegra irritiert über die Reaktion der anderen. Sie waren überrascht, soviel stand fest, aber worüber?

„Das war so ziemlich die präziseste Feindanalyse, die ich je gehört habe und das ganz ohne Übung!", platzte es aus Tomethy heraus. Die anderen nickten zustimmend. Nur Gene ging nicht weiter darauf ein, auch wenn Allegra hätte schwören können, dass sie lächelte.

„Was haben die Sensoren ergeben?", fragte Gene stattdessen knapp.

„Sie tarnen ihr Schiff so geschickt, dass wir nicht wahrnehmen können, wie es tatsächlich konstruiert ist. Dadurch werden die Werte der Sensoren verfälscht und sind wenig aussagekräftig", antwortete Lux missmutig.

„Können wir ihre Tarnung umgehen, um sie zuverlässig zu scannen?", fragte Gene aufmerksam. Lux nickte, obwohl Gene das von ihrer Position aus nicht sehen konnte.

„Ja, in der Theorie schon. Nur würden sie uns sofort bemerken!"

Allegra konnte augenblicklich spüren, wie abgeneigt Lux dieser Möglichkeit gegenüber war, doch zu ihrer Überraschung erwiderte Gene:

„Gehen wir das Risiko ein!"

Tomethy keuchte auf, und Dune merkte an: „Wäre das klug?"

Doch Allegra wusste bereits, dass alle Argumente Gene nicht umstimmen würden. Ihre Kapitänin war der festen Meinung, dass sie sich entweder verstecken und nichts erreichen oder in die Offensive gehen konnten. Sie hatte sich für das aktive Handeln entschieden, und niemand würde sie jetzt noch davon abbringen können. Allegra versuchte die gegenwärtige Spannung im Raum zu ignorieren, während sie konzentriert auf ihre Konsole tippte:

„Bereit zum Desillusionieren in drei, zwei, eins!"

Im Weltraum flimmerte es. Auf dem Übertragungsbildschirm bot sich ihnen ein unglaublicher Anblick. Allegra sprang hastig auf, so wenig konnte sie das Bild vor ihr fassen.

Das Schiff ihrer Feinde war kein Raumgleiter im eigentlichen Sinne, sondern eher ein riesiger, rot-oranger Oktopus. Er schwebte sacht im All, als wäre das Vakuum Wasser. Seine acht saugnapfbestückten Arme bewegten sich wie in einer leichten unsichtbaren Unterströmung. Zwei lila-braune Ovale bildeten seine Augen.

Der Anblick war auf irritierende Weise schön, obgleich Allegra Surreales hasste. Kurz waren alle in einer Art Schockstarre gefangen, da rief Tomethy:

„Sie haben uns entdeckt!"

Die Signale auf Allegras Konsole spielten verrückt.

Unvermittelt legte sich ein nass-schleimiger Tentakel mit kleinen Saugnäpfen schwer auf ihre Schulter. Die Berührung wurde jäh zu einem schmerzhaften Klammergriff, der Allegras Innerstes vor Schmerz rebellieren ließ.

Nur ein leises Röcheln drang aus ihrer Kehle, und schwarze Punkte tanzten vor ihren Augen.

Sodann drückte das Wesen sie in die Knie.

Allegra schloss, von schwerer Dunkelheit umgeben, schmerzerfüllt die Augen.

Allegras Zusammenbruch riss Gene aus ihrer bewundernden Trance, welche sie bei dem Anblick des lebenden Raumschiffs ergriffen hatte. Sie wirbelte herum und sah Allegra auf dem Boden kniend, die Augen geschlossen, die Gesichtszüge verzerrt.

Zu dieser Haltung zwang sie das Wesen hinter ihr. Es war keinesfalls menschlich, obgleich manches an ihm humanoid anmutete. Es besaß acht lila-blaue mit Saugnäpfen übersäte Tentakel, welche es um Allegra geschlungen hatte und sie so in Schach hielt. Der Oberkörper und zwei Arme waren beinahe menschlich, wobei diese zum Teil ebenfalls eine lila-blaue Färbung besaßen und in langfingrige Hände endeten.

Der fremdartige Kopf war grotesk, und Gene musste sich zwingen, genau hinzuschauen. Der hintere Teil erinnerte an den Mantel eines Oktopus und wallte scheinbar in einer unsichtbaren Strömung. Dafür bildete der vordere Teil des Kopfes geradezu menschliche Züge, die sich aus dem oktopusartigen Körper herausschälten: Geschwungene, zu einem wütenden Strich zusammengepresste Lippen, eine gerade von einem blau-grünen Streifen überzogene Nase und zuletzt die blau-lila schimmernden Augen, die Gene intelligent, wild und hasserfüllt anstarrten.

Wie waren diese seltsamen Eindringlinge so schnell und unbemerkt auf ihr Schiff gelangt?

„Allegra!", rief Gene, und ihr Blick jagte zu ihren anderen Crew-Mitgliedern. Alle waren von oktopusartigen Wesen überwältigt oder fixiert worden, entweder mit fremden Waffen oder Tentakeln, die offenbar sehr schmerzhafte Impulse aussendeten. Nicht alle besaßen die blau-lila Färbung, zwei waren gelb-grün, andere rot-orange oder pink-weiß.

Genes Blick huschte zu Allegra zurück, die gequält aufstöhnte. Gene musste schnell handeln, um ihre Crew zu befreien. Nur was konnte sie tun?

Entschlossen erhob sie ihre Stimme: „Ich bin Gene O'Leary, Kapitänin der *CURIOSITAS* und Vertreterin des Volkes von Lumenus!" Weiter kam sie nicht. Eines der Wesen begann in kurzen Abständen zu blinken und gab offenbar den anderen damit ein entscheidendes Zeichen.

Die Kreatur, die Allegra festhielt, grinste hämisch, bevor er sich samt Allegra zu den anderen umdrehte und alle sich zu einem Kreis formierten.

„Halt!", rief Gene verzweifelt, und ihre Stimme veranlasste Allegra, unter Schmerzen die Augen zu öffnen. Ihre Pupillen waren bereits komplett schwarz, doch sie schien Gene noch zu erkennen, im Gegensatz zu Lovis, der keine andersfarbigen Augen besessen und dennoch seine Orientierung verloren hatte.

„Gene!", flüsterte Allegra gepresst. „Versuche zu verstehen!“ Ihr Gesicht verzog sich unter Schmerzen, als sie bruchstückhaft wisperte: „Feuer ... Lichtsignale ... Kommunikation. Du musst ...“ Sie brach ab, während ihr Peiniger sie unbarmherzig zu den anderen schleifte.

Gene versuchte, ruhig zu bleiben, doch die Ungewissheit der Situation und Allegras unklaren Andeutungen erschwerten dies erheblich. Sie wussten, dass die Wesen über Lichtsignale kommunizierten!

Scheinbar versuchte Allegra, Gene mitzuteilen, dass sie das mit ihrer Feuermagie ebenfalls versuchen sollte. Doch wie konnte Gene es schaffen, ihr Feuer in den richtigen Frequenzen auszusenden?

Sie musste die Situation so schnell wie möglich entschärfen, doch sie befürchtete, mit einer falschen Nachricht die Sachlage nur noch komplizierter zu machen. Es lag in ihrer Verantwortung, dass ihrer Crew nichts geschah! Plötzlich fühlte Gene sich in eine ihrer früheren, ebenfalls heiklen Verhandlungen zurückversetzt. War es ihr trotz der eskalierten Umstände möglich, die Wesen friedlich zu einem Waffenstillstand und zu Gesprächen zu bewegen?

Sie konzentrierte sich und ließ tief aus ihrem Herzen einen Feuerstoß frei. Es sollte ein einziges Wort heißen, und Gene hoffte inständig, dass es die Wesen erreichen würde.

„Wartet!“ Sie schickte noch ein kürzeres, aber helleres Signal hinterher: „Bitte!“

Ihre Versuche zeigten Wirkung. Die Wesen blieben abrupt stehen und drehten sich zu Gene um. Gerade wollte diese sich an einer längeren Nachricht versuchen, da hörte sie hinter sich eine tiefe Stimme.

Jemand hatte einen visuellen Kommunikationskanal geöffnet:

„Ich bin Theron!“, teilte ihr die Stimme gebieterisch mit.

Gene drehte sich langsam um und sah sich einem der Wesen gegenüber. Seine Tentakel waren leuchtend orange, und er hatte gelb blitzende Augen. Statt des seltsamen Oktopus-Auswuchses am Hinterkopf besaß Theron dunkle Haare, die ihm kurz in die Stirn fielen. Vielleicht wäre er sogar attraktiv gewesen, hätte Gene nicht das skeptische Funkeln in seinen Augen erkannt. Er traute ihr nicht!

Gene richtete sich zu ihrer vollen Größe auf: „Sie beherrschen meine Sprache!“, stellte sie nüchtern fest, da er nicht Altenglisch sprach, wie die Magier, sondern die bei den Sternreisenden übliche Universalsprache.

„Ja!“

Es schien, als wolle er noch mehr sagen, beließ es aber dabei.

„Ziehen Sie Ihre Wachen zurück!“, verlangte Gene scharf, jedoch mit so viel Diplomatie in der Stimme, wie sie aufbringen konnte.

„Natürlich!“, erwiderte Theron aalglatt. „Wenn Sie uns dafür mit Ihrem Besuch beehren!“

Gene wusste, dass seine Freundlichkeit nur eine Maske war, deshalb überprüfte sie rasch die Schutzschilde und fand sie aktiviert vor.

„Wie kann das sein?", hinterfragte sie die Anwesenheit der Wesen auf ihrer Brücke.

Theron taxierte sie von oben herab: „Ihre antiken Schilde?", fragte er süffisant. „Die können uns nicht aufhalten!"

Gene sondierte ihre Optionen: Die Situation schien ausweglos, solange sie selbst auf dem Schiff blieb. Ging sie jedoch auf Therons Vorschlag ein, könnte sie nicht nur ihre Mannschaft schützen, sondern auch herausfinden, was die Wesen planten.

„Nun!", sagte sie sehr leise. „Sobald Sie mich auf Ihr Schiff beamen, lassen Sie augenblicklich meine Crew frei!"

Theron nickte selbstgefällig: „Sie bringt mir nichts."

Verwirrung durchzuckte Gene. Was versuchte er zu erreichen? „Unter diesen Bedingungen stimme ich zu!", erwiderte sie distanziert.

„Sehr schön!", entgegnete Theron berechnend und gab seinen Wachen einen klaren Wink. Diese ließen sofort von Genes Crew ab. Das Wesen, welches Allegra festgehalten hatte, kam langsam auf Gene zu.

Ihre Kommandantin durchschaute die Situation sofort und wollte verzweifelt vorstürmen, doch Gene gab ihr ein Zeichen. Sie wollte Allegra unter allen Umständen schützen. Die abstoßende Kreatur war mittlerweile bei Gene angekommen und schob sie mit einem seiner langen Tentakel zur Mitte der Brücke.

Dort, wo die Saugnäpfe des Wesens sie berührten, bohrte sich der Schmerz in Genes Schulter. Sie war sich sicher, dass das nicht nötig gewesen wäre, und nur der Machtdemonstration diente. Doch sie gab Theron nicht die Genugtuung, ihren Schmerz zu zeigen.

Hocherhobenen Hauptes schritt sie an ihrer unversehrten, jedoch fassungslosen Crew vorbei und ließ sich widerstandslos auf das Schiff ihres Feindes beamen. Das Letzte, was sie sich fragte, bevor der Partikelstrom sie erfasste, war, ob sie die richtige Entscheidung getroffen hatte. Dann lösten sich ihre Gedanken vollständig auf, und sie schwebte durch den Subraum einem gefährlichen und ungewissen Ziel entgegen.

Als Gene sich wieder materialisierte, gab ihr das Wesen, welches sie festhielt, keine Zeit, sich zu orientieren, bevor es sie einen leicht gebogenen dunklen Gang entlang zog.

Sie erkannte, dass dieser vollkommen aus flexiblem Glas bestand und außen von einer bewegten, leicht gelblich schimmernden Flüssigkeit umgeben war. Es roch sehr modrig, und Gene kam der Verdacht, dass sie sich in einer der Adern des lebenden Oktopus-Schiffes befanden. Der Gang endete abrupt, und das Wesen schob sie grob durch eine runde, organisch wirkende Öffnung. Diese bestand aus sechs unterschiedlich gezackten, ineinandergreifenden Elementen, die mit einem schmatzenden Geräusch gleichzeitig aufschwangen.

Mit einem kleinen Schritt trat Gene in die angrenzende Halle. Schmerz zog erneut stechend in ihre Schulter. Anspannung und Hitze wallten in ihr auf. Gene drohte die Beherrschung über ihre Magie zu verlieren!

Doch es war, als würde die beinahe übersprudelnde Energie in ihr von einer ungeahnten geistigen Barriere aufgehalten und zurückgedrängt werden. Der noch immer auf ihrem Schlüsselbein liegende Torysant wurde unwillkürlich heiß, brannte sich in Genes Haut. Sie schloss kurz die Augen, vergaß sogar das feindliche Wesen hinter ihr, welches sie ungeduldig weiter stieß. Als sie die Lider öffnete, hatte sie ihre Fassung vollkommen wiedererlangt.

Gene hob den Blick und richtete sich automatisch etwas auf, als sie den sonderbaren Ort um sich herum wahrnahm. Sie hatten offensichtlich den Kommandokern des Schiffes erreicht.

Er bestand aus zwei miteinander verbundenen Bereichen. In jedem dominierte ein großes ovales Fenster, welches einen teilweise verschwommenen und mehrfarbigen Blick auf den vor ihnen liegenden Weltraum gewährte. Genes Gedanken stockten kurz, als ihr Blick auf die *CURIOSITAS* fiel, doch sie zwang sich, jedes noch so kleine Detail ihrer Umgebung in sich aufzusaugen.

Auf den Wänden befand sich eine rätselhafte, regenbogenfarbig schimmernde Haut. Ihr Farbspektrum waberte fließend und veränderte sich ständig, immer ausgerichtet auf einen in der Mitte des Raumes schwebenden, farblosen Punkt. Verzerrte Schemen des Weltraums huschten über die vielfarbigen Wände, auf dem Kopf stehende Abbildungen dessen, was vor den Fenstern geschah.

Nein, wurde Gene plötzlich von Übelkeit begleitet, klar. *Keine Fenster ... Augen!* Das, was sie anfangs für Fenster oder Monitore gehalten hatte, waren nichts anderes als die Augen des lebenden Oktopus-Schiffes.

In jeder der Augenhöhlen standen seltsame, beinahe medizinisch anmutende Gerätschaften. Da begriff Gene, dass sie wahrscheinlich dazu benutzt wurden, durch elektrische sowie biologische Impulse das organische Raumschiff zu steuern und dem Oktopus so mitzuteilen, was er tun sollte.

Ihre düstere Faszination für dieses lebende Objekt unterdrückend ging sie so würdevoll wie möglich auf Theron zu, der hoheitsvoll in der Mitte des ersten Raumes stand. Mit einer kleinen Handbewegung bedeutete er dem Wesen, welches Gene noch immer fixierte, sich zurückzuziehen.

Er drehte sich mit einem kleinen Lächeln auf den geschwungenen Lippen zu ihr um. Seine Gestalt war einschüchternd, dabei war er noch nicht einmal besonders groß oder muskulös. Die gebieterische Aura, gepaart mit seiner aufrechten Haltung und dem überlegenen Funkeln in den listig gelben Augen, reichte aus, sodass sich jeder andere in seiner Gegenwart klein und unbedeutend gefühlt hätte. Doch auch Gene verfügte über eine befehlsgewohnte Ausstrahlung, die sie nun ganz gezielt einsetzte, indem sie seinem herausfordernden Blick mit einer ruhigen Selbstsicherheit begegnete.

„Wie schön, dass Sie da sind!“, begrüßte er sie mit ironischer Begeisterung.

Gene beschloss, nicht darauf zu antworten.

„Gefällt es Ihnen hier bei uns?“, fragte Theron weiter.

Ohne auf seine Frage einzugehen, erwiderte Gene ruhig: „Warum bin ich hier und wo ist Lovis?“

Theron musterte sie abschätzig. „Ungeduld ist etwas, das Sie sich abgewöhnen sollten! Es führt zu überstürzten Handlungen!“, belehrte er sie leise.

Gene fragte unwillkürlich, ob er sich der Bedeutung seiner Worte bewusst war. Schließlich hatte er sie überstürzt und mit Gewalt aus ihrem Raumschiff gezwungen!

Da sprach Theron schon weiter: „Ich möchte, dass Sie sich uns anschließen!“, forderte er eindringlich.

Gene fixierte ihn mit einem abwartenden Blick. Sie brauchte mehr Informationen, um sich aus dieser Lage befreien zu können.

„Dafür müsste ich zuerst wissen, worum es geht!?“, fragte Gene mit undurchdringlicher Miene.

Theron sah ihr direkt in die Augen. Sein Blick war stechend, als er sagte: „Wir brauchen den Planeten!“

Gene hielt seinem Blick stand, während sie versuchte, ihre aufsteigende Wut nicht zu zeigen. Ihren Heimatplaneten würden die Planetaren niemals hergeben. Und die fremden Wesen hatten das von Anfang an gewusst! Ein anderer Gedanke schlich sich in Genes Kopf: Wussten die Wesen von den Magiern und der Symbiose?

„Wofür?“, stieß Gene so kontrolliert wie möglich hervor.

Theron seufzte schwer. Gene glaubte, er würde weiterhin

schweigen, doch dann begann er mit unheilverkündender Stimme zu sprechen:

„Unser Heimatplanet wurde vor drei Generationen zerstört ... von den Menschen, Sternreisende, wie sie sich selbst nennen. Ihre Invasion tarnten sie als Hilfsakt, denn ihrer Meinung nach drohte eine Supernova unseren Planeten zu zerstören! Als wüssten sie besser als wir, was in unserem Sonnensystem vorging!" Er zischte die Worte so abfällig, dass Gene sich beherrschen musste, nicht zusammenzuzucken.

Sie kannte den Kodex der Sternreisenden und war sich sicher, dass es noch eine andere Sichtweise auf diesen Vorfall gab. Theron wusste nicht, dass Gene in gewisser Weise eine Sternreisende war. Seine Besatzung nahm seit Lovis Gefangennahme wahrscheinlich an, das Aussehen der Planetaren ähnele dem der Menschen sehr.

Gene durfte ihre wahre Identität nicht preisgeben, wollte sie Therons vernichtenden Zorn nicht auf sich ziehen.

Dieser sprach bereits weiter: „Seitdem ziehen wir, die letzten Überlebenden des einst so glänzenden Volkes der OCTOPEA, herum auf der Suche nach einem Planeten, der unserem früheren Lebensraum entspricht. Unser Planet bestand seinerzeit aus riesigen Wasserflächen. Die Octopea sind zwar anpassungsfähig, doch eine bestimmte Menge an Wasser und Sauerstoff muss vorhanden sein. Auf diesem Planeten gibt es ausreichend davon und bietet uns so den optimalen Lebensraum. Wir fanden schon andere Planeten mit einer ähnlichen Wassermenge. Doch als wir anfragten, ob wir dort leben dürften, wurden wir gewaltsam verfolgt und vertrieben. Aus diesen Erfahrungen haben wir gelernt und gehen es hier anders an. Diesmal werden wir erfolgreich sein!"

„Die Waffen!", begriff Gene schlagartig.

Der Anführer nickte leicht.

„Ja, wir wollen nicht im eigentlichen Sinne Krieg führen, sondern die Bevölkerung des Planeten langsam zu unserer machen. Sobald sich die Wirkung des Stoffes vollkommen entfaltet hat, ist die betreffende Person eine von uns und übernimmt automatisch unsere Ideologie. Unsere ersten Ziele sind dabei die kulturellen Knotenpunkte, um möglichst viele Zielobjekte zu erreichen."

Gene dachte an Maya Rionydes von der Allegra ihr besorgt erzählt hatte und an all die anderen Patienten auf Lumenus. Sie wurden ihrer kompletten Identität sowie ihrer Spezies beraubt, um einer anderen Zivilisation Platz zu machen. Zudem gab es auch viele Todesopfer durch missglückte Versuche der Umwandlung.

„Sie löschen ganze Spezies aus!", fauchte Gene Theron wutentbrannt an. Sie beherrschte ihre Emotionen wieder.

„Weshalb bin ich hier? Sie könnten einfach eine ihrer Waffen auf mich richten und mich zu einer der Ihren machen."

Theron betrachtete sie kalt.

„Bei Personen mit Führungsqualitäten oder hochrangigen Posten überlassen wir nichts dem Zufall. Anfangs verbreiten sie unsere Kultur unter den Planetenbewohnern, die sich in gesicherten Bereichen aufhalten und folglich nicht verwandelt werden konnten. Sie bauen langfristig Vertrauen auf, und man wird ihnen folgen."

Theron ließ Gene nun nicht mehr aus den Augen, verortete jede ihrer Reaktionen. Diese versteckte ihre Abscheu hinter einer ausdruckslosen Miene und vollkommener Reglosigkeit. Gene fürchtete, jede noch so kleine Erwiderung würde ihre neutrale, emotionslose Maske zum Einsturz bringen und ihre wahren, und vollkommen unklaren Gefühle offenbaren.

Mit einem rätselhaften Tonfall fuhr Theron fort, jedes Wort voller Gewicht und Verheißung:

„Sobald die Aufgaben meiner Abgesandten erledigt sind, ist ihnen ein einflussreicher und hochrangiger Posten direkt an meiner Seite sicher. Sie werden meine privilegiertesten Untertanen sein, überschüttet von Reichtum und Ansehen. Jeder wird sich wünschen wie sie zu sein!"

Gene richtete sich auf. Theron war skrupellos.

„Was tun Sie, wenn ich mich weigere?", fragte sie provokant.

Theron kniff seine citrinfarbenen Augen zusammen und musterte sie mit neu erwecktem Misstrauen.

„Ich würde Ihnen eine Dosis unseres hoch konzentrierten Wirkstoffs verabreichen. Sie würden auf einen Schlag all Ihre bisherigen Erinnerungen verlieren und neue erhalten. Die Prozedur ist schmerzhaft und äußerst erniedrigend", fügte er mit einem selbstgefälligen Gesichtsausdruck hinzu.

Gene wusste, dass er ihr absolut überlegen war und nickte, um Zeit zu gewinnen. Sie hatte zugestimmt, auf dieses Schiff gebeamt zu werden, um ihre Crew zu schützen und Informationen zu sammeln.

Immerhin wusste sie nun, dass Theron Lumenus vollständig einnehmen wollte und er sie deshalb als vertrauensvolle Abgesandte benötigte. Letzteres war wahrscheinlich auch der Grund, warum Lovis hier war.

Hatte Theron ihm ebenfalls uneingeschränkte Macht angeboten? Und war Lovis auf dieses verheißungsvolle Angebot eingegangen? War er in diesem Moment bereits ihr Feind?

Gene selbst hatte keinesfalls vor, freiwillig auf Therons Vorschlag einzugehen. Zwar musste sie sich eingestehen, dass die Vorstellung uneingeschränkter Macht verlockend klang, doch würde sie niemals die Planetaren und Lumenus aufgeben oder jegliche Autorität gewaltsam an sich reißen!

Theron durfte allerdings nichts von ihrem festen Entschluss, sich zu weigern, erfahren. Solange er glaubte, dass sein Angebot sie in einer für ihn positiven Weise beeinflusste, unternahm er vielleicht nicht sofort Maßnahmen, um ihren Gedanken umzustrukturieren.

Das würde ihr Zeit verschaffen, um Lovis zu finden und Theron aufzuhalten! Deshalb warf sie ihm einen gezielt unentschlossenen Blick zu, senkte den Kopf und richtete ihre Augen auf den schleimig-glatten Boden vor ihr. Sie legte so viel Widerwillen in ihre Stimme, wie sie konnte, als sie zögerlich sagte:

„Ich wünschte, ich könnte diese schmerzhafte Möglichkeit ausschließen, aber ich kann mein Volk nicht verraten! Außerdem weiß ich nicht, ob ich Ihnen vertrauen kann!"

Gene hoffte, dass Theron ihre inszenierte Nachricht zwischen den Zeilen las: Sie war nicht abgeneigt seinem Vorschlag gegenüber, nur konnte sie ihre Wünsche nicht mit den jahrelang eingetrichterten Moral- und Loyalitätsvorstellungen ihrer Spezies vereinbaren.

Aber das würde noch kommen! Aus seiner Sicht sollte sie leicht zu überzeugen sein.

Offenbar war Theron nicht so aufmerksam, wie Gene befürchtet hatte, denn er fiel auf ihr Schauspiel herein und gab einer seiner Wachen ein Zeichen.

„Sie braucht offenbar noch Bedenkzeit. Bringe sie in eine der Unterkünfte in der D-Einheit!"

Sie ließ sich widerstandslos von dem gehässigen Octopea abführen. Das Letzte, was sie hörte, bevor sich die Tür zum Kommandoraum schloss, war Therons Stimme, wie er ihm hinterherrief:

„Kay, sei nett zu ihr!"

Gene schüttelte nur ungläubig den Kopf, während sie von Kay durch die langen Gänge gescheucht wurde.

Fassungslos sah Allegra auf die Stelle, an der Gene eben noch gestanden hatte. Ihr war extrem schwindelig, sie bekam kaum Luft und spürte in ihrem Inneren noch immer den Nachhall des von dem fremden Wesen verursachten Schmerzes.

Doch all das war in diesem Augenblick bedeutungslos!

Ohne nachzudenken hechtete sie zu ihrer Konsole und veränderte einige Einstellungen. Sollte es ihr gelingen, Genes genaue Signatur abzuspeichern, könnte sie ihre Kapitänin vielleicht aufspüren und ihr folgen.

„Ich habe sie!", stieß sie erleichtert aus.

Tomethy kam rasch zu ihr, während er sich seinen offensichtlich schmerzenden Hals rieb. Verschieden große kreisrunde Spuren der Saugnäpfe waren dort zurückgeblieben.

Bevor er fragen konnte, erklärte Allegra ihm und den anderen den groben Plan, den sie innerhalb von Sekunden gefasst hatte.

Niemand hielt sie auf, als sie die Treppe zum Glaskuppel-Maschinenraum erklomm und in den hinteren Teil des Raumschiffes rannte. Dort fand sie wie erhofft das Terminal zum Beamen. Die anderen waren ihr direkt gefolgt.

Allegra bedeutete Leox und Lux, Genes Koordinaten ins System einzuschleusen, um anschließend Dune, Tomethy und sich selbst auf das feindliche Schiff beamen zu lassen.

„Ist das nicht ein wenig überstürzt?", sprach Tomethy aus, was scheinbar alle dachten.

Doch Allegra wollte sich von diesem Gruppengefühl nicht überwältigen lassen und schüttelte vehement den Kopf. Es stimmte, sie hatte den Plan in Sekundenbruchteilen gefasst. Es war noch nicht einmal ein richtig durchdachter Plan. Doch eine andere Möglichkeit sah sie nicht.

„Handeln wir nicht sofort, verlieren wir Genes Koordinaten!", erwiderte sie impulsiv und warf ihren Begleitern jeweils einen Phaser zu, welche sie beim Beam-Terminal gefunden hatte. Niemand erhob Einspruch.

Leox lief eilig auf seine Kinder zu. Er vertraute darauf, dass Allegra die richtige Entscheidung getroffen hatte. Er umarmte beide kurz und trat einen Schritt zurück. Daraufhin drückte Lux eine Taste, und der Partikelstrom riss sie fort.

Als die Welt wieder Gestalt annahm, sah Allegra sich wachsam und auf alles vorbereitet um: Die Wände um sie herum bestanden vollkommen aus Glas. Dahinter waberte eine nicht identifizierbare, leuchtende Flüssigkeit, die die einzige Lichtquelle in dem gebogenen Gang bot.

Gegenüber von ihr war eine seltsam organische runde Tür in die Wand eingelassen. An deren rechter Seite verriet ein ovales, gelbliches Schild, dass sie in den „D-Trakt" führte.

Dune, Tomethy und Allegra drängten sich näher aneinander, bis sie Rücken an Rücken standen. Allegra überlegte gerade, in welcher Richtung des Ganges sie mit der Suche nach Gene beginnen sollten, da stieß Dune einen ängstlichen Laut aus.

Allegra drehte sich vorsichtig um und sah sich einem rot gefleckten Oktopus-Wesen gegenüber. Seine langen Tentakel zuckten unheilvoll, als es die gezackte Schusswaffe in den langfingrigen Händen drehte und schließlich auf ihre kleine Gruppe zielte.

Reflexartig und ohne abzuwarten schoss Allegra, obgleich sie es hasste, als erste ihre Waffe zu benutzen. Das getroffene Wesen brach mit einem schrecklichen Geräusch zusammen, das Allegra erschaudern ließ. Seine Tentakel zuckten noch kurz, Wasser rann wie Blut über seinen plötzlich leblosen Körper. Schließlich erschlafften alle Muskeln und er blieb vollkommen reglos liegen.

Die jähe Stille war ohrenbetäubend. Ängstlich überprüfte Allegra die Einstellung ihres Phasers: Er stand auf Betäubung! Irritiert jagte ihr Blick wieder zu dem scheinbar toten Wesen und damit auch zu seinen sich lautlos nähernden Artgenossen.

Sie mussten seinen Zusammenbruch bemerkt haben!

Hektisch drehte sie sich in die entgegengesetzte Richtung, doch auch von dort kamen immer mehr Oktopus-Wesen. Ihre kleine Gruppe war umzingelt! Ratlos wechselte Allegra einen schnellen Blick mit ihren jungen Begleitern. Von deren spürbar wachsender Angst angetrieben, sprintete sie zum D-Trakt. Doch sie kam nicht weit: Eines der Wesen stellte sich ihr mit hassverzehrter Miene in den Weg. Seine tödliche Entschlossenheit überwältigte sie kalt, und so sah sie seinen Angriff nicht kommen: Die scharf gezackte Klinge rammte sich in ihren Arm!

Schmerz durchzuckte augenblicklich Allegras linke Schulter, und sie musste nicht hinsehen, um zu wissen, dass sie blutete.

Da wurde es plötzlich ganz still, und die Menge der Wesen teilte sich unterwürfig: Der Anführer, der sich Gene als Theron vorgestellt hatte, trat hoheitsvoll auf Allegra zu. Das unterbrach kurz ihre Konzentration und einer der Wesen bekam sie mit seinen Tentakeln zu fassen, zwang sie schmerzhaft auf die Knie.

Leider ging es ihren Begleitern ähnlich.

Weder Dune noch Tomethy hatten eine Chance, sich gegen diese feindliche Übermacht zu wehren. Theron schien verwundert, sie zu sehen und fragte sich scheinbar, wie sie es an den Sicherheitsvorkehrungen vorbei auf sein Schiff geschafft hatten. Doch offenbar sah er sie nicht als wirkliche Bedrohung an.

„Wo ist Gene?", stieß Allegra voller Verzweiflung aus.

Theron sah abfällig auf sie hinab.

„Gene!", sprach er ihren Namen gedehnt aus. Dann fuhr er ruhig fort: „Ihr geht es so weit gut. Leider war sie nicht sehr kooperativ. Aber das wird sich, denke ich, bald ändern!"

Sein unheilvoller Tonfall ließ Allegra zusammenzucken. Er war absolut überzeugt, dass Gene mit ihm zusammenarbeiten würde, wahrscheinlich sogar freiwillig. Das schien ihm, so glaubte Allegra wahrzunehmen, sogar lieber, da er sich so sicher sein konnte, dass sie ihn nicht hinterging.

Es erleichterte Allegra sehr, dass Theron Gene offenbar noch brauchte, ganz im Gegenteil zu Dune, Tomethy und ihr selbst, wie sie plötzlich mit Erschrecken feststellte.

„Bringt sie in Genes Quartier! Ich will sie nicht des Grundes berauben, warum sie hier sind!", ordnete Theron an.

Er lächelte gehässig, und Allegra war überzeugt, dass er dies, irritierenderweise, sehr wohl wollte. Das unangenehme Wesen hinter Allegra stieß sie brutal durch den „D-Trakt" und führte ihre Gruppe gewaltsam zu einem der Quartiere.

Dort schubste er sie rabiat durch die Tür und verschloss diese sorgfältig. Allegra richtete sich vorsichtig auf, dabei hielt sie sich die immer stärker schmerzende Schulter. Die Begegnung mit Theron hatte sie so aufgewühlt, dass sie ihre tiefe Wunde erst jetzt richtig wahrnahm. Ihre Finger waren bereits rot vor Blut.

Zwanghaft versuchte sie ihre Aufmerksamkeit auf die Details ihrer Umgebung zu lenken: Das rechteckige Quartier war extrem schmal, stank nach verdorbenem Fisch, und durch das längliche Fenster an der Stirnseite des Raumes fiel kaum Licht. Durch das schmierige Glas erahnte Allegra schemenhaft Lumenus' Silhouette, davor die Lichter der unbeweglich im Weltall schwebenden *CURIOSITAS*. Rechts an der sich abschälenden braun-orangen Wand war eine schäbige, hart und ungemütlich wirkende Pritsche angebracht. Von der Decke tropfte eine fluoreszierende Flüssigkeit, und der Boden bestand aus einem rötlichen Metall. Eine zweite enge Tür führte in einen angrenzenden Raum, und der klobige, scheinbar defekte Lüfter darüber rauschte laut.

Gene, die auf der Pritsche gesessen hatte, war bei ihrer Ankunft abrupt aufgesprungen.

„Allegra, Tomethy, Dune, was macht ihr hier?"

Ein düsterer Ausdruck verschattete ihr Gesicht, als sie begriff: „Ihr wolltet mich retten und wurdet entdeckt!"

Allegra nickte schwach und taumelte zu der Pritsche. Sie war sich sicher, dass Gene gegen all ihre Vernunft froh war, sie zu sehen. Doch mittlerweile vernebelte der Schmerz Allegras Sinne so sehr, dass sie das nicht mehr genau einschätzen konnte. Beinahe wäre sie gestürzt, doch Gene fing sie reflexartig auf.

„Bei den Überlebenden der Sternreisenden, Allegra, du blutest ja!" Hektisch riss sie einen Teil ihres Ärmels ab und presste das Stoffstück auf Allegras Wunde.

An die nächsten Momente konnte Allegra sich kaum erinnern, doch später war ihre Wunde, den Umständen entsprechend professionell versorgt. Ihre Verletzung fühlte sich bereits weniger schmerzhaft an, als sie Gene neben sich auf dem Bett sitzend bemerkte. Tomethy und Dune saßen auf dem Boden. Sie sahen recht erschöpft, aber unverletzt aus.

„Warum ist Theron sich so sicher, dass du dich ihm anschließt?“, fragte Allegra schließlich entkräftet.

Gene seufzte schwer. Daraufhin erzählte sie von den Octopeaern, Therons Ziel, Lumenus mithilfe umstrukturierter Erinnerungen zu erobern und schließlich von seiner Drohung, Gene schmerzhaft zu unterjochen, sollte sie nicht kooperieren.

Nach Genes Erklärung schwiegen alle einen kurzen Augenblick, da fragte Tomethy vorsichtig:

„Und wie wollen wir hier rauskommen und Theron aufhalten?“

Allegra, noch immer von ihrem Blutverlust geschwächt, konnte sich nur schwer konzentrieren und ging trotzdem all ihre Möglichkeiten durch.

„Du sagtest, Theron weiß nichts von der magischen Blase und den Magiern überhaupt. Vielleicht können wir das zu unserem Vorteil nutzen!“, überlegte Allegra laut.

Gene nickte gedankenverloren, während Dune einwarf:

„Gibt es sonst irgendeinen Zauber, der ihn sein Vorhaben vergessen lässt?“

Tomethy und Gene schüttelten gleichzeitig den Kopf.

„Wir können die individuellen Merkmale wie seine sich verfestigte Frustration sowie die drastische Brutalität, mit der er Probleme löst, nicht magisch aus seiner Persönlichkeit herausziehen, ohne ihn umzubringen. Eine andere Möglichkeit ist bisher nicht bekannt. Der einfachste Weg wäre, seinem Willen zunächst nachzukommen!“

Gene, Dune und Allegra starrten Tomethy entsetzt an. Er

zögerte, „... um ihn anschließend zu unterwandern!“

„Wir werden Lumenus und die Planetaren unter keinen Umständen opfern!“, stellte Gene bestimmt klar.

„Das ist eine lobenswerte Einstellung, Ms. O'Leary, nur bringt sie uns leider keinen Schritt weiter!“, ertönte da unvermittelt Lovis' Stimme von der Verbindungstür her.

Seine Erscheinung wirkte zerstreut, seine Haare waren anders als sonst ungeordnet, doch sein Blick war klar.

„Verräter!“, fauchte Dune, „als würde es Sie interessieren, was Ihrem Volk hilft!“

Lovis drehte sich zu ihr um und sah sie undurchdringlich an. „Falsche Annahme! Ich würde für mein Volk ALLES tun! Weshalb mich die Octopea auch heimtückisch entführt und vor die gleiche Wahl gestellt haben wie Ms. O'Leary!“, korrigierte er Dune fest.

Gene sah ihn kurz intensiv an und wandte sich nachdenklich ab. Allegra wusste sofort, dass ihre Kapitänin Lovis glaubte. Das tat sie auch. Er sagte die Wahrheit!

„Also, wo waren wir stehen geblieben?“

Offenbar ging Gene die letzten verworfenen Ideen noch einmal gedanklich durch. Allegra bemerkte augenblicklich, als ihre Kapitänin auf die Lösung stieß: Ihre Augen begannen durchdringend zu glühen.

Eine kaum greifbare, aber extrem starke Spannung erfüllte den kleinen Raum, und Genes ganzer Körper begann hell zu strahlen. Eine verstörende Hitze erfasste Allegras Körper. Ihre unbewusste Reaktion auf die im Raum verstreute

Magie und eine starke mentale Woge aus Euphorie überwältigte sie. Es war ihr, als könnte sie förmlich miterleben, wie Gene dabei war, ihre Aufgabe zu erfüllen, damit die Prophezeiung sich bewahrheiten würde.

Dune hielt die Augen geschlossen, während das überirdische Leuchten langsam Genes Körper verließ und öffnete sie erst, als diese ausstieß: „Das ist die Lösung!"

Ohne sich wirklich zu beruhigen und sehr schnell sprechend erklärte Gene ihnen ihren Einfall.

Allegra lächelte sanft.

Es konnte funktionieren und es würde funktionieren, wenn sie Theron davon überzeugen konnten, ihnen zuzuhören, und Orly mitspielte.

Gene entfernte sich etwas in Richtung Fenster, drehte sich aber zu den anderen um, damit alle mithören konnten:

„Orly Bletherwhite!", flüsterte sie in ihren Transmitter. Es rauschte und knackte einige Male, endlich erklang Orlys Stimme undeutlich am anderen Ende der Verbindung:

„Gene!"

Allegra begann zu schwitzen, so aufgeregt war sie.

„Orly, wir brauchen dringend Ihre Hilfe!", sagte Gene bestimmt und fuhr fort: „Wäre es möglich, eine zweite magische Blase zu erschaffen?"

Orly war einen Augenblick sprachlos.

Schließlich fragte sie: „Warum?"

Gene weihte sie in ihren bisherigen Plan ein.

„Aus welchem Grund sollte ich das tun? Es würde das ganze Energienetz Äonias beschädigen sowie langfristig mehr Magieopfer erfordern!"

Dune zuckte zusammen, als Orly kurz Atem schöpfte, doch Gene gab ihr keine Möglichkeit weiterzusprechen.

„Es würde die Planetaren vor dem sicheren Untergang bewahren und Ihnen den Fortbestand der Symbiose sichern. Therons Pläne…", Gene hielt kurz inne, „… sind skrupellos!"

Genes Blick huschte zu Allegras Wunde, und diese rieb sich geistesabwesend über diese Stelle.

„Außerdem", fuhr Gene etwas lauter fort, „könnte es die Grundlage für eine tragfähige Verhandlungsbasis mit den Planetaren schaffen. Zudem wäre Lovis bereit, Ihnen unvoreingenommen zuzuhören!"

Genes Blick streifte Lovis, der unwirsch nickend zustimmte.

„Oder anders formuliert: Sollten Sie uns nicht helfen, wird die Spezies der Planetaren untergehen und mit ihnen Ihre einzige Chance auf den Rohstoff. Außerdem müssten Sie im Geheimen existieren, damit Theron Sie nicht auch noch unterjocht oder auslöscht. Es wäre kein sicheres Leben mehr!", prophezeite Gene düster.

Orly sagte kein Wort.

Sie hatte Genes Argumenten nichts entgegenzusetzen.

„Drei Spezies mit unterschiedlichen Interessen, das kann nicht funktionieren!", erwiderte sie kaum hörbar. Etwas lauter fügte sie hinzu: „Ich werde die Lage mit meinen Beratern besprechen!" Damit legte sie auf.

Gene schaltete ihr Kommunikationsgerät wieder aus und sah hoffnungsvoll in die Runde:

„Auf mehr konnten wir nicht hoffen!“

Allegra wünschte, dass das reichte.

Nun konnten sie nur noch abwarten. Drei unitates später wurde die Tür endlich aufgeschlossen, um sie zu holen. Ein rot-weiß gefleckter, ziemlich einfältiger Octopea führte sie durch die Gänge des feindlichen Schiffes bis zur Kommandozentrale. Sie hatten sich darauf geeinigt, dass Gene die Verhandlungen übernehmen würde, damit Allegra Therons emotionale Reaktionen kontrollieren konnte.

Als sie ihm schließlich gegenüber standen, klopfte Allegras Herz bis zum Hals. Sollte ihr Plan sich nicht umsetzen lassen, hatten sie keine weiteren Alternativen mehr.

„Also, Gene, haben Sie sich entschieden?“

Theron wandte seinen menschlich wirkenden Kopf langsam in Lovis‘ Richtung.

„Oder Sie, Mr. Vaçtmon?“

Gene trat entschlossen vor. Ihr war keine Nervosität anzumerken, doch Allegra nahm deutlich eine hohe Aktivität ihrer magischen Energie wahr.

„Wir haben Ihnen ein Angebot zu unterbreiten!“, begann Gene leise, bedächtig und fest zu sprechen.

Theron sah sie äußerst interessiert an. „Und das wäre?“

„Sie bekommen einen adäquaten Lebensraum, der vollkommen Ihren Vorstellungen und Bedürfnissen entspricht. Im Gegenzug nehmen sie jegliche manipulative Beeinflussung der Planetaren zurück, lassen das planetare Volk in Freiheit leben und gründen gemeinsam mit den beiden vorherrschenden Spezies in diesem Sektor einen demokratischen Rat. Zudem verzichten Sie unter allen Umständen auf die Alleinherrschaft!"

Theron betrachtete Gene abschätzig und antwortete misstrauisch: „Wie sollte das möglich sein? Warum sprechen Sie von zwei anderen Spezies?"

Allegra konnte seine Überzeugung, dass Gene log intensiv spüren, jedoch auch seinen unterbewussten Wunsch, dass es wahr sein könnte. Diese Hoffnung mussten sie zu ihren Gunsten nutzen.

Mittlerweile führte Gene ihre Andeutungen weiter aus: „Zwei Spezies! Einmal die Bewohner von Lumenus und eine Ihnen bisher unbekannte Zivilisation, welche in einer magischen Blase, einem sogenannten Dimensionsportal lebt. Diese Spezies ist sehr mächtig und befindet sich seit langer Zeit in einer Symbiose mit dem planetaren Volk."

Theron sah Gene argwöhnisch an. Er schien sich zu fragen, was sie damit bezwecken wollte, sich das alles auszudenken.

„Die Blase ist unabhängig und vollkommen autark von Lumenus. Die Magische Sphäre konnte sie bei ihrer Erschaffung völlig frei gestalten."

An dieser Stelle verschwieg Gene, dass die Magierwelt das Aussehen der früheren Erde besaß. Allegra war froh darüber. Sie wollten keinesfalls offenbaren, dass die magische

Kultur etwas mit den Menschen zu tun hatte.

Dune trat nervös von einem Fuß auf den anderen, und ihr angespannter Blick streifte Allegras. Diese lächelte ihr aufmunternd zu.

Währenddessen hatte Gene bereits weitergesprochen:

„Es gäbe die Möglichkeit, Ihnen ebenfalls eine solche Blase zu erschaffen! Dort könnten Sie mit Ihrem Volk ansässig werden und sich ein ganz neues Leben aufbauen. Allerdings gelten für diese Option die vorhin genannten Bedingungen! Sie beginnen keinen Krieg mit einer der Spezies und treten außerdem einem kooperativen Rat bei, in dem ein faires Miteinander gewahrt wird!“

Nachdem Gene geendet hatte, schwieg Theron für einen kurzen Moment. Letztendlich fragte er skeptisch:

„Warum sollte ich Ihnen glauben?“

Durch ihre jahrelange Erfahrung bei den Sternreisenden hatten sowohl Gene als auch Allegra diese Frage vorausgesehen. Es war mehr als unwahrscheinlich, dass Theron ihnen von Anfang an glaubte, deshalb war der folgende Teil des Gesprächs am entscheidendsten.

Auf Therons Hoffnung aufbauend, ihnen glauben zu können, trat Allegra vor und bedeutete Gene, dass sie möglicherweise einen Weg gefunden hatte, Theron zu überzeugen.

Noch versuchte er scheinbar einzuschätzen, welche Bedeutung ein weiteres Volk in diesem Sektor für ihn haben würde. In diesem Punkt besaßen sie somit seine volle Aufmerksamkeit. Vorsichtig trat Allegra vor:

„Theron, wir wollen ...“, weiter kam sie nicht, denn er unterbrach sie harsch.

„Lügen, nichts als hinterhältige Lügen! Ich fasse Ihre unglaubwürdige Geschichte so auf, dass Mr. Vaçtmon sowie Ms. O‘Leary nicht bereit sind zu kooperieren!“

Mit einer Handbewegung holte er zwei Initiatoren hervor und kam auf sie zu.

„Ich werde keine weitere Zeit verschwenden!“

Gene stand kurz vollkommen unbeweglich da, dann wirbelte sie herum und sah Allegra direkt in die Augen. Die unterdrückten Gefühle und die darin vorherrschende Entschlossenheit sagten mehr als tausend Worte.

„Ihr müsst gehen!“, drängte Gene unnachgiebig.

„Jetzt!“

Allegra wollte widersprechen, doch da erreichte einer von Therons Wachen Gene und rang sie mitleidslos zu Boden.

Dune zog Tomethy in Richtung des Ganges. Blanke Panik verzerrte ihre Züge, als sie ihn durch die Tür stieß und diese von innen verriegelte.

Lovis wich nicht zurück, als auch er von einem Oktopus-Wesen auf dem Boden fixiert wurde: Er behielt seine Überlegenheit bis zum Schluss.

Vor Angst wie versteinert schnellte Allegras Blick erneut zu Gene. Theron hatte sie mittlerweile erreicht und brachte nun mit einer raschen Bewegung den Initiator an Genes Hals in Position. Natürlich hatten sie die Vorgehensweise in einer solchen Situation besprochen, doch dafür hätte Allegra Anzeichen einer Eskalation in Therons Gedanken finden müssen. Diese Signale hatte es jedoch nicht gegeben, da seine grausame Ungeduld ganz spontan die Oberhand gewonnen hatte.

Mittlerweile wehrte Gene sich so heftig, dass ein Octopea ihr komplett einen seiner Arme um die Brust schlang und ihr so die Luft abschnürte.

Doch entgegen Allegras Erwartungen röchelte ihre Kapitänin nicht, sondern rammte dem Octopea, welcher sie attackierte, den Ellenbogen in den weichen Oktopus-Auswuchs am Kopf, sodass dieser seinen Griff sofort lockerte. Allegra wagte nicht mehr zu blinzeln.

Ihre Kapitänin hätte der andauernde Luftmangel extrem zusetzen müssen, doch offensichtlich tangierte er sie nicht einmal!

Doch viel Zeit zum Nachdenken blieb ihr nicht: Genes Schlag hatte den Octopea nur kurz außer Gefecht gesetzt. Jetzt schwang er ein seltsam geformtes und mit furchterregenden Zacken versehenes Schwert in ihre Richtung. Gene wurde von der scharfen Klinge gestreift. Mit schmerzverzerrtem Gesicht hielt sie sich den blutenden Arm.

Allegras Versuch, ihr zu Hilfe zu eilen, scheiterte, als ein beängstigender Octopea sie brutal an eine der Wände drängte. Hilflos musste Allegra mit ansehen, wie Genes Verzweiflung und deren Wut in Form eines mächtigen Feuers in ihren Handflächen aufloderte, heißer und strahlender, als

Allegra es je in Erinnerung gehabt hatte.

Doch das reichte nicht aus: Theron selbst zog Genes Kopf gewaltsam nach hinten, sodass ihr Hals nicht mehr von ihren blutigen Haarsträhnen verdeckt wurde und entsicherte mit einer fließenden Handbewegung den Initiator.

Allegra wehrte sich immer heftiger gegen ihren Peiniger, wollte Gene irgendwie helfen, doch dieser ließ es nicht zu. Seine schmerzhaften Tentakel, so gut es ging ignorierend, beobachtete Allegra, wie ihre Kapitänin dabei war, den Kampf gegen Theron zu verlieren. Ihre Hände leuchteten immer weniger intensiv, und auch ihr Widerstand ließ langsam nach. Genes Kräfte verließen sie immer schneller!

Ihr Schrei, als der Initiator ihren Hals berührte, mobilisierte Allegras letzte Kräfte, kurz bevor Theron das Gift in Genes Adern spritzen konnte.

Gene O'Leary hatte es nicht verdient, als charakterlose Octopea zu enden. Ihr Erfahrungsschatz, ihre wertvolle Persönlichkeit, ihre meist hinter Kompetenz versteckten Gefühle, all das durfte nicht verloren gehen. Allegra würde nicht zulassen, dass Theron ihr ihre einzig wahre Freundin nahm!

Wutentbrannt bündelte Allegra all ihre mentale Konzentration und liebevollen Gedanken für Gene und richtete diese direkt auf Theron. Ihre Augen wurden schwarz, und ihre Haut schimmerte amethystfarben, als sie in Gedanken schrie:

„LASS SIE GEHEN!"

Die Spannung drohte sie zu überwältigen.

Unerwartet fand sie gedanklichen Zugang zu Therons emotionalem Innersten und spürte zum ersten Mal, dass sie hier wirklich etwas verändern konnte:

„NIMM UNSER ANGEBOT AN!", beschwor sie ihn.

Sie verwob den Befehl eng mit seiner Entschlossenheit, sodass er diesen Gedanken als seinen eigenen empfinden würde.

Taumelnd und wie aus der Ferne beobachtete Allegra die nachfolgende Szenerie: Theron ließ von Gene ab, starrte auf den Initiator in seiner Hand und hielt inne.

Er drehte sich aufgewühlt zu Gene um, die ihn verwundert ansah. In Allegra wirbelte Triumph auf! Was auch immer sie gerade getan hatte, es zeigte Wirkung! Therons Gedanken waren nun offener und weniger starrsinnig.

Plötzlich war er angetan von Genes Vorschlag und sah darin sogar eine sichere Zukunft für sein Volk.

„Vielleicht habe ich etwas vorschnell gehandelt, Ms. O'Leary!", entschuldigte er sich fast freundlich und bedeutete seinen Wachen von den anderen abzulassen.

Genes Kopf drehte sich blitzartig zu Allegra. Diese wusste, dass Gene sich fragte, ob sie für Therons plötzliche Verwandlung verantwortlich war. Wahrscheinlich suchte Gene nach einer logischen Erklärung, doch vorerst musste sie sich mit einem Nicken begnügen.

Nachdem Theron Gene mehrmals versicherte, wie leid ihm sein forsches Handeln tat, und dass er in ihrem Vorschlag durchaus Potenzial für sein Volk sah, erkannte Allegra, wie Gene sich bereits in ihre Aufgabe als Vermittlerin stürzte. Sie bat Lovis zu sich, und gemeinsam mit Theron besprachen sie Strategien, wie das Anlegen einer dritten Kultur in diesem Sektor am schnellsten umzusetzen sei.

Dune nutzte die Gelegenheit und öffnete vorsichtig die Verbindungstür zum Gang, wo Tomethy sich, sobald er sie sah, erleichtert auf sie stürzte. Als er begriff, dass sie unverletzt geblieben war, trat er etwas von ihr zurück.

Mit ernstem Gesichtsausdruck und Empörung in der Stimme verlangte er leise: „So etwas machst du nie wieder!"

Dune grinste ihn verschmitzt an. „Wenn ich damit die Wahrscheinlichkeit erhöhe, dass dir niemand schaden kann, kleiner Bruder, werde ich es immer und immer wieder tun, sooft es nötig ist!"

Allegra lächelte erleichtert. Sie waren auf einem guten Weg, verlässlich Frieden zu schließen und die Interessen aller drei Spezies zu einer Gesamtheit zu vereinen.

Doch zuerst musste sie noch etwas erledigen! Konzentriert schloss sie die Augen und fokussierte sich auf Lovis ...

Epilog

90 ninos[5] später:

„Und damit ist es beschlossen!", verkündete Gene feierlich und setzte als Letzte schwungvoll ihre Unterschrift unter den offiziellen Vertrag, der vor ihnen auf dem antiken Tisch lag.

Die obersten Repräsentanten Eleazar, Lovis, Orly und Theron klatschten verhalten Beifall. Es war schlussendlich einfacher gewesen, als Gene vermutet hatte, alle Spezies dieses Quadranten an einem Tisch zu versammeln. Dazu hatten sie sich im Hauptherrenhaus Äonias in der Nähe Luberias zu intensiven Gesprächen zusammengefunden.

Es war offensichtlich, dass allen Anführern etwas an einem wirklichen Frieden lag, wenn auch aus ganz unterschiedlichen Beweggründen.

„Ab heute entscheiden also der Rat der Anführer, die Abgeordneten und das Volk gemeinsam über die Zukunft der Planeten", fasste Lovis den Entschluss abschließend zusammen.

Seit Allegras kleinem Eingriff in seine Persönlichkeit war

---

5   Ein nino entspricht etwa einem Erdentag.

er deutlich weniger selbstbezogen und egoistisch, vielmehr zeigte er nun soziales Verständnis sowie positive Neugier zur Bewältigung der neuen Herausforderungen.

In den letzten ninos und meganinos hatte sich der ganze Sektor verwandelt: Nach Beruhigung der Lage auf Lumenus koppelte die Magische Sphäre die ursprüngliche Blase wieder an den Planeten.

Orly entwarf mit Hilfe anderer Magier die Rohform einer weiteren Blase, in der die Octopea zukünftig leben konnten. Die Vaçtmon Geschwister veranlassten die teilweise Umleitung der Generatorenenergie, damit die neue Blase genügend Kraft erhielt, um sich differenziert zu entwickeln.

Dieser erhöhte Energiebedarf führte allerdings dazu, dass die magische Abgabe früher als vorgesehen geleistet werden musste. Hier brachte Dune sich dafür ein, dass der Abgabeprozess zukünftig weniger Risiken mit sich bringen und damit besser planbar würde.

Gemeinsam mit ihrer Mutter Beverly erarbeitete sie konkrete Lösungen für die generationsunabhängige Abgabe und die langfristige sowie vorausschauende Entwicklung dieser Energiegewinnung. Beverly nutzte hierfür ihren Status als hochrangige Abgeordnete, da sie so Pläne schnell in den Rat einbringen und darüber abstimmen lassen konnte.

Die Abgeordneten des Rates waren gewählte Vertreter des jeweiligen Volkes, welche deren Interessen vertraten und es über wichtige Abstimmungen informierten. Zu ihren neuen Vertretern im Rat gehörten nun auch Lux, Leox und Allegra.

Für heute war die Sitzung geschlossen.

Gene trat aus dem altehrwürdigen Herrenhaus auf den Vorplatz, auf dem Allegra schon auf sie wartete. Vor deren Silhouette schwebte Yntea wild flügelschlagend in der Luft, und Allegras glückliches Lachen wehte über den steinernen Platz.

Ihre ehemalige Kommandantin hatte in Yntea eine zuverlässige Begleitung gefunden. Gene wusste, dass das kleine Wesen ihr sehr viel mehr bedeutete als allein seine Funktion, Allegras Magier-Allergie zu unterdrücken.

Seit Allegra ihre starken empathischen Fähigkeiten entdeckt hatte, veränderte sich auch zunehmend ihr äußeres Erscheinungsbild: Ihr schwarzes Haar war jetzt länger, ihre Gesichtszüge wirkten entspannter, und sie strahlte nun ein natürliches Selbstvertrauen aus. Sie übte täglich und konnte bereits viele Spezies sicher lesen und weitreichend beeinflussen. Doch nur Gene wusste von ihrer Möglichkeit der Suggestion, welche Allegra jedoch fast nie einsetzte. Da diese sie darum gebeten hatte, niemanden etwas davon zu erzählen, würde Gene es für sich behalten.

Seit Allegra von ihrem Zustand erfahren hatte, besaßen sie beide keine Geheimnisse mehr voreinander. Ihr anfänglich professionelles Verhältnis hatte sich zu einer tiefen Freundschaft entwickelt, die Gene um keinen Preis verlieren wollte.

Im Licht der untergehenden Sonne gingen die beiden Frauen aufeinander zu.

„Wie ist es gelaufen?", erkundigte sich Allegra, die aufgrund ihrer Position als Abgeordnete nicht an der internen Ratssitzung teilnehmen durfte.

Gene lächelte zufrieden.

„Gut, alle haben erwartungsgemäß unterschrieben!"

Allegra nickte erleichtert. „Auch ich habe nichts Negatives zu berichten. Eleazar hat mich gebeten zu beobachten, wie die Octopea mit der Möglichkeit, ihre Blase frei zu gestalten, umgehen, und anscheinend gibt es keine Probleme.

Die zuständigen Elementmagier haben deren Bedarf an Wasser gedeckt, und die Ingenieure der Planetaren feilen gemeinsam mit Theron an der Erbauung einer großflächigen Unterwasserstadt. Außerdem haben sich die Octopea endlich auf den Namen ihrer neuen Blase geeinigt: *Aqueria!*"

Gene ließ den Namen kurz auf sich wirken.

„Äonia, Lumenus und Aqueria! Ich hoffe nur, dass die Octopea ihren Teil der Symbiose einhalten, die Raumfahrt aller drei Spezies zu verbessern und zu vereinen. Geht es mit dem neuen Raumfahrtprogramm voran?"

Immer wenn das Gespräch auf diese neue Zielsetzung kam, begannen Allegras Augen zu leuchten. So auch dieses Mal: „Auf jeden Fall!", meinte sie enthusiastisch. „Lovis hat vor, den Forschungsraumhafen zu vergrößern. Gestern hat er uns dafür die ersten Aufzeichnungen der neu entwickelten Planetaren-Technologien vorgestellt. Maya ist der Meinung, dass auch Theron bald konkrete Pläne zur Kombination von Technik und organischen Komponenten vorlegen wird.“

Gene teilte Allegras Euphorie, auch wenn ihr klar war, dass das Programm noch einige Zeit brauchen würde, um sein volles Potenzial zu entfalten. Seit Maya Ryonides durch das von den Octopeaern entwickelte Gegenmittel wieder vollkommen genesen war, gehörte sie gemeinsam mit Allegra und Tomethy zu einer Gruppe fähiger Ingenieure und Techniker, die im Rahmen des innovativen Weltraum-Programms daran arbeiteten, die Technik aller drei Völker zu vereinen.

Ganz in ihren Gedanken versunken hatte Gene nicht bemerkt, wie Allegra immer stiller geworden war, bis diese sich schließlich leise räusperte.

„Gene?“, fragte Allegra zögerlich. „Wir bleiben doch, oder?“ Sie klang beinahe ängstlich.

Fest sah Gene ihr in die Augen, und mit leiser Stimme stellte sie klar:

„Natürlich Allegra, dies ist nun unsere Heimat!“

Kurz überlegte sie, ob sie es dabei belassen sollte, doch dann fügte sie vorsichtig hinzu: „Meine Magie verflechtet mich mit diesem Ort; ich kann es spüren. Außerdem will ich herausfinden, was mich und meine Familie mit der Magischen Sphäre verbindet und warum ich überhaupt eine Magierin bin.“

Diese Gedanken hatte Gene bisher mit niemandem geteilt, doch es fühlte sich richtig an, sie Allegra zu offenbaren. Verwundert über sich selbst, bemerkte Gene, dass sie sich vor ihrer Zeit auf Äonia niemals jemandem so geöffnet hatte wie in diesem Moment. Ihre Zeit hier hatte sie auf eine ungeahnte Weise verändert: Früher hielt sie Vertrauen für eine emotionale Schwäche. Heute betrachtete sie es als eine ihrer größten Stärken.

Allegra schien Genes Veränderung ebenfalls zu spüren. Sie nahm vorsichtig ihre Hand und drückte sie leicht. Lächelnd registrierte Gene, dass ihre Freundin über ihren Wandel in keiner Weise überrascht schien. Umso abrupter wurde sie wieder in die Realität zurückgezogen, als Allegra mühsam fragte:

„Was ist mit den Sternreisenden? Unseren Verpflichtungen ihnen gegenüber?"

Gene seufzte schwer und musste unwillkürlich an ihre Eltern denken. „Wir werden aus der Koalition austreten. Ihnen erklären, dass wir unsere Karrieren abbrechen, um uns auf einem besonders schönen Planeten niederzulassen."

Seltsamerweise verspürte Gene dabei weniger Bedauern, als sie erwartet hatte. Allegra schien es ähnlich zu gehen:

„Wir haben jetzt ein Zuhause!", murmelte sie nachdenklich, so als würde sie es erst in diesem Moment wirklich begreifen. „Die Prophezeiung hat sich also wirklich erfüllt."

Gene nickte leicht, von einem seltsam neuen Gefühl durchdrungen. Sie musste an ihre erste schicksalhafte Begegnung mit Dune denken und daran, wie die Prophezeiung schon vorher in ihr ein rätselhaft starkes Interesse für diese junge Frau ausgelöst hatte. Ihre Verbindung war anfangs geheimnisvoll und unklar gewesen, doch mittlerweile verbanden die Geschehnisse um die Prophezeiung sie stärker miteinander, als Gene es je für möglich gehalten hätte.

Für den wirklichen Frieden war sie selbst jedoch ganz bestimmt nicht verantwortlich.

„Allegra!", bat Gene ihre Freundin, sie anzusehen, und als diese ihren Blick ruhig erwiderte, sprach Gene etwas aus, was ihr schon sehr lange im Herzen brannte.

„Die Prophezeiung hat sich zwar bewahrheitet, aber entgegen der Überlieferung war nicht ich es, die alles zum Guten gewendet hat!"

Genes Tonfall wurde drängender, hoffender. Sie wollte, dass ihre Freundin die Dankbarkeit erhielt, die ihr zustand.

„DU hast die Planetaren, die Magier und die Octopea vereint! Es ist dein Verdienst, dass ich heute hier stehe und keine unwissende Octopea aus Therons Gefolge bin, und dass die Planetaren noch existieren! Dein Name sollte mit der Prophezeiung in Verbindung gebracht werden, nicht meiner!"

Allegra legte beruhigend eine Hand auf Genes Arm, und als sie antwortete, war ihre Stimme voll und klar:

„Es ist besser so! Ich bin nicht stolz auf meine Fähigkeit, Wesen suggestiv beeinflussen zu können und auch nicht darauf, wie ich diese bei Theron und Lovis eingesetzt habe. Natürlich bereue ich nicht, dich gerettet zu haben, aber das ist nicht der Weg, den ich gehen möchte.

Ich bin nun eine Abgesandte der Planetaren und will

meine empathischen Eigenschaften dazu nutzen, langfristig Konflikte zu verhindern und die Kulturen für andere Lebensweisen zu öffnen. Dabei ist es nicht mein Ziel, die jeweiligen Personen manipulativ zu verändern. Stattdessen möchte ich mit gegenseitigem Verständnis und Toleranz überzeugen.

Der Vertrag und der Wunsch nach Vereinigung der drei Spezies war ein erster Schritt, nun müssen wir alle daran arbeiten, dass die Verbindung wächst und eine solide, aufeinander aufbauende Gemeinschaft daraus entsteht. Letztendlich ist es irrelevant, wer etwas getan hat oder nicht getan hat, solange jeder sein Bestes gibt und das Ergebnis mindestens das ist, welches wir erreichen wollen."

Gene versuchte vorsichtig, sie zu unterbrechen, doch Allegra ließ das nicht zu.

„Außerdem ist es mir nicht wichtig, ob jemand weiß, was wirklich passiert ist! Es reicht, wenn es zwei in diesem Sektor wissen: Ich selbst und du, Gene! Denn deine Meinung ist mir wichtiger als vieles andere!"

Ihre schonungslose Ehrlichkeit und die spürbare Entschlossenheit ihrer Aussage ließ nicht zu, dass Gene an ihren Worten zweifelte: Allegra bereute nichts! Ebenso war es ihr nicht wichtig, ob sie jemand für ihre Taten bewunderte, solange sie das Leben vieler Personen verbessern konnte.

Da tat Gene O'Leary etwas für sie vollkommen Untypisches: Sie umarmte Allegra fest.

Als sie sich wieder von ihrer Freundin löste, lachte diese

befreit.

„Es ist noch ein langer Weg, bis alles perfekt ist!", stellte Gene richtig. „Aber wir haben schon unglaublich viel erreicht!"

Sie lief in Richtung Haus, drehte sich noch einmal um:

„Komm, Allegra, sonst verpassen wir noch etwas, bei dem wir unter allen Umständen anwesend sein sollten!"

Allegra nickte leicht und folgte ihr.

Gemeinsam betraten sie das Herrenhaus. Die Eingangstür ließen sie offen, als hießen sie alles Neue willkommen.

Beide hatten sich verändert, unglaubliche Fähigkeiten an sich entdeckt, waren stärker und entschlossener geworden, doch hatten sie dabei nie ihre Liebe zum Abenteuer verloren.

Sie waren bereit für alles, was noch folgen würde und egal was passierte: Sie hielten zusammen, immer!

Danksagung

An dieser Stelle möchte ich mich bei denjenigen bedanken, die mir immer geholfen und mich während des ganzen Projekts zuverlässig unterstützt haben:

Einen besonderen Dank spreche ich hiermit Annika Gabel und Horst Bökemeier aus.

Sie waren immer da, wenn ich mit ihnen über meine gesamte Planung und Korrekturen sprechen wollte. Beide gaben mir hilfreiche Tipps und Ratschläge. Eine tolle Unterstützung! Danke dafür!

Außerdem bedanke ich mich unglaublich bei meinen Eltern für ihre Geduld und Aufmerksamkeit. Sie waren meine treuesten Testleser. Sie halfen mir bei der Titelgestaltung und dem Seitendesign. Zudem waren sie einfach immer da, wenn ich sie brauchte, motivierten mich und hörten sich jede noch so verrückte Plotidee an.

Danke, danke, danke ...